17 novembre 1902 notes PN

Collection de Feu M. G. POCHET

ESTAMPES

MODERNES

TROISIÈME PARTIE

Me MAURICE DELESTRE, Commissaire-Priseur

5, RUE SAINT-GEORGES, 5

MM. LÉON SAPIN ET LOYS DELTEIL

EXPERTS

CATALOGUE

DES

EAUX-FORTES

ET

LITHOGRAPHIES

CONDITIONS DE LA VENTE

Elle sera faite au comptant.

Les acquéreurs paieront **dix pour cent** en sus des adjudications.

MM. Léon Sapin et Loys Delteil rempliront les commissions que voudront bien leur confier les amateurs ne pouvant y assister, ils se réservent, en outre, la faculté de diviser ou de rassembler les lots.

MM. les amateurs pourront visiter la collection, **22, rue des Bons-Enfants,** du *Mercredi 12 au Samedi 15 Novembre,* de 10 heures à 4 heures.

3e Vente Locket

5 Vadon Montgigon 8
6 id Fête [illegible] 32
~~id [illegible]~~
18 ter Affiche Valéri 70
22 [illegible] seul
23 Le beau Nick 7
24 Etrennes [illegible] 10
26 Fantaisies [illegible] 18
39 Un an [illegible] etc
61 Bellange La garde 16
66 Bernard [illegible]
71 Bonington 2 p.
~~[illegible]~~ Boulanger ~~[illegible]~~
74 id fontaines 10
75 id St Barthélemy
76 id [illegible]
77 id Orientales
78 id [illegible]
79 id Les [illegible]
80 id 5 pièces
82 Bouquet [illegible]
83 id [illegible]
84 id lot 30 pièces
87 Bordin [illegible]
89 Burney Léotard 21
99 Lot de 9 p 8
123 ~~Daumier [illegible]~~

158 Camus ~~[illegible]~~ 52
128 id Réjouissances Juillet 36
~~148~~ [illegible] 181
147 Daubigny Le [illegible] 7
163 Chroniques [illegible]
166 Delacroix [illegible]
167 Deveria Voltaire [illegible] 22
169 Deveria [illegible]
170 id 4 lithographies
171 id Berthe [illegible]
173 id Duret
174 id [illegible]
175 id Taraska
179 id [illegible]
183 id Jeanne [illegible] 32
~~184 id~~ 4 litho
190 id Couvertures 15
191 id 23 litho
19[illegible] id 4 p
194 id 6 p 20
~~195 id 40 p~~
196 id Léopold H.
198 id Théat anglais 136
199 id 12 litho 40
206 G Doré Montagne 2
207 id [illegible] 14
208 id 2e [illegible] 13
214 id [illegible] 29
219 id [illegible] 16
223 Bau[illegible] 26
454

220 G. Dai 16p 10
221 id Scene alsac 6p 5
226 id l'album 12p 20
227 id Romances 18p 11
233 J. Dovaux affiche 1p
248 ter Forain 2p
251 ? Garnerey 24p 28
253 Gavarni Souporte 22
254 id Duch d'abrantes 10
255 id Provenance 1
256 id Chandelles 1
257 id Mme Coulet 1
258 id La noue 1
259 id Thenot 1 25
261 id 28p 28 36
262 id 30p 61
264 id 14p
265 id 2p 8
267 id 3p 10
268 id 6p
269 id 2p
270 id 2p
271 id 4p
272 id 2p
273 id 1p
276 id 1p
278 id 1p
279 id 20p
280 id 17p
277 id 1p

301 Gigoux Mr Gualdan 1p
302 Grevedon Dsse de Berry 16
(id) 302 Je pars
310 Huet Suite 12p
312 id Suite 9p
315 id 5p
316 id 1p
316 bis Ibels 28p
317 Ibels & Lautrec café
319 Isabey Caricature
321 Isabey fils Suite
323 id 18p (titre)
342 Johannot 44p 8
345 id En tete 2p
351 E Lami 13p
357 Lemud Retour
361 Lepoitevin 6p
362 id 11p
376 1 Léandre
381 Luce (à Jean) 10p 2 8
397 d'ap Monnier affiche
413 C Nanteuil Nou Sanache
425 id Entourages
431 L. Noel 5p
445 2p chaumiere
458 Raffet Mr Raffet
463 id 6p
479 St Evre G. Dumond
480 id Scen Henri III
484 Steinlen filles
3

486 Br 14p
489 Dsse de Trouies
493 id 9p
495 Van Maule
496 C. Vernet Delpech
497 ? Vacum d. H Vernet
499 Vernet & Scheffer 5p
501 Veillard: Voitures 12p
506 Ziegler la Vente 1p
507 id Eloa 18p

Collection de Feu M. G. POCHET

CATALOGUE
DES
EAUX-FORTES
ET
LITHOGRAPHIES

ŒUVRES DE

ADAM — CHARLET — DAUMIER
DEVÉRIA — DORÉ — GAVARNI — HUET
JACQUE — MONNIER
NANTEUIL — RAFFET — VERNET, etc.

VIGNETTES
PROGRAMMES ET MENUS

TROISIÈME PARTIE

DONT LA VENTE AURA LIEU A PARIS

HOTEL DROUOT, SALLE N° 10

Les Lundi 17, Mardi 18, Mercredi 19 et Jeudi 20 Novembre 1902

A 2 HEURES PRÉCISES

Par le Ministère de Me **MAURICE DELESTRE**, commissaire-priseur,
5, RUE SAINT-GEORGES, 5

ASSISTÉ DE

M. **LÉON SAPIN**, libraire expert	M. **LOYS DELTEIL**, artiste graveur expert
3, RUE BONAPARTE, 3	22, RUE DES BONS-ENFANTS, 22

ORDRE DES VACATIONS

Lundi 17 novembre	Nos 1 à 180
Mardi 18 novembre	181 à 370
Mercredi 19 novembre	371 à 500
Jeudi 20 novembre	501 à la fin.

ESTAMPES

ADAM (VICTOR).

1. *Alphabets et chiffres récréatifs.* — Suite complète de dix planches dans la couverture de publication.

   Exemplaire piqué.

2. *Le Bien et le Mal.* — Paris, *Aubert*, s. d. — *Mr de la Lapinière, successeur imaginaire de Gérard le tueur de lions.* — Paris, *H. Gache.* — Deux albums in-4 obl.

   Belles épreuves dans leurs cartonnages de publication.

3. *Charades alphabétiques.* — Paris, *Aubert*, s. d. — Suite complète, en 1 alb. in-4 oblong.

   Belles épreuves dans le cartonnage de publication.

4. *Le Diable à Paris, Bamboches, culbutes, plaisirs et déplaisirs, farces et pochades, rêvées et exécutées par* VICTOR ADAM. — Paris, *Martinet*, s. d. — Titre et vingt planches en 1 album obl., cart., de l'éditeur, dos cassé.

   Belles épreuves.

5. *Les Enfans de la Mère Gigogne.* — Paris, *Aubert*, et Bologne, *Jean Zecchi.* — Frontispice et vingt-trois lithographies.

   Belles épreuves dans la couverture de publication.

6. Les Fêtes des Environs de Paris. — Suite de douze lithographies.

   Belles épreuves.

7. *Panidochème ou toutes sortes de Voitures, 1848.* — Paris. *Ch. Motte.* — Suite de douze lithographies.

   Belles épreuves à toutes marges, dans la couverture de publication.

8. *Les Petites caricatures de Carle Vernet & Vor Adam.* — Paris, *Aubert*, s. d.

Petit album contenant vingt-cinq lithographies (plusieurs tirées à deux sur la même feuille) de Victor Adam, d'après Carle Vernet.
Belles épreuves *coloriées*.

9. Scènes de la Révolution de 1830. — Onze lithographies.

Belles épreuves. Six sont sur papier de Chine.

10. *Le Bien et le Mal*, frontispice et 19 pl. — Écrivains célèbres : Balzac. — Chateaubriand. — Alex. Dumas. — Hugo. — Lamartine. — Scribe, etc. — Compositions pour *Le Postillon de Longjumeau*, *Robert le Diable*, etc. — Ensemble trente-sept lithographies.

Belles épreuves.

ADAM (V.) ET ROQUEPLAN (C.).

11. *Passe-temps.* — *La Foire aux Idées.* — *Toutes sortes de choses.* — Scènes diverses. — Treize lithographies; on y a joint un dessin par *V. Adam.*

ADRESSES.

12. Adresse d'un *Cartier* français du XVIIe siècle, gravée en bois.

Belle épreuve. Très rare.

13. Adresse d'un Ingénieur constructeur. Jolie petite pièce de l'époque du XVIIIe siècle.

Très belle épreuve *avant toutes lettres*, marges, de la coll. de Goncourt.

14. *Manufacture Nationale. Fabrication anglaise de bons Rasoirs d'acier fondu, pareille à celle de Sheffield en Angleterre. — Le Petit, aux Quinze-Vingts, Faubourg Saint-Antoine, à Paris* (vers 1792). — Très curieuse adresse in-fol., représentant l'intérieur de la manufacture.

Belle épreuve. Très rare.

15. *Au Chat botté. — Débit de cirage du Sieur* LESAGE, *Rue Montmartre, N° 32, à Paris. Sa Fabrique, Village d'Orsel, Proche la Barrière du Rochechouard.*

Curieuse adresse, avec dans le fond une vue rudimentaire du village d'Orsel, aujourd'hui compris dans Paris. Fort rare.

16. Adresse du luthier J. B. Vuillaume, par F. HILLEMACHER.

Très belle épreuve d'une pièce qui a été longtemps attribuée, à tort, à Meissonier. Rare.

17. Institution **André,** rue Blanche, 9. — **Mamiot,** cartonnier à Dijon. — **Jacquemont** Frères, distillateurs à Lyon. — G[ds] Magasins de Nouveautés, **Boué,** à Troyes.

Quatre pièces.

18. Adresses et étiquettes de marchands de tabacs hollandais. Cent neuf curieuses vignettes (vers 1840) réunies en 1 vol., petit in-8 obl., mar. rouge.

Réunion curieuse et probablement unique.

18 *bis*. Adresses, invitations, illustrations de Chéret, Willette, Lepic, Gerbault, Adeline, Pille, Avril, Grasset, Boutet, Lebègue, Robida, Morin, etc.

Trois mille cent pièces.

AFFICHES.

18 *ter*. Affiches illustrées, pour : *Le Jardin des Plantes illustré*, Paris, *Dubochet*. — *Revue pittoresque*, lith. par Coppin, 1844. — *Voyage où il vous plaira*, Paris, *J. Hetzel*. — *Châteaux et Ruines historiques de France*. — *Histoire des Missions catholiques*, lith., par V. Beaucé. — *Le Diable à Paris*, lith., par Gavarni, très rare. — *Scènes de la Vie publique et privée des animaux*, par Grandville. — Paris, *Hetzel et Paulin*, 2 affiches. — *La Grande ville*, par Paul de Kock, illustrations de V. Adam. — *Le Juif errant*, par Eug. Sue, lith. par Gavarni. — *Histoire du Peuple de Paris*, lith. par H. E. (Henry Émy). — *Werther*, traduction de Pierre Leroux, ill. de Tony **Johannot**. — *Le Livre des Familles* ou *Journal de M. le Curé*. — *Les Enfants peints par eux-mêmes*. — *Contes de Boccace*, traduction de A. Barbier. — *L'Illustration, Journal universel*. — *Les Beautés de l'Opéra*, par Th[le] Gautier. — *Voyages en zigzag*, par Topffer, Paris, *Dubochet*. — *Aventures de Tom Pouce*, ill. de Bertall. — *L'Été à Paris*, par Jules Janin, ill. de Lami. — *Le Monde des Enfans*. — *Panthéon de la Jeunesse*. — *La Comédie humaine*, Œuvres complètes de M. de Balzac. — *Les Enfants chez tous les peuples ou la Famille de l'armateur*, ill. de Vogel. — *Mystères de l'Inquisition*, lith. par Moynet. — *Histoire pittoresque des Religions*. — Paris, *Pagnerre*. — *Éducation maternelle*, par Mme Tastu. — *Le Diable boiteux*, Paris, Ern. Bourdin. — *Fables de La Fontaine*, ill. de Duplat, Paris, A.-A. Renouard. Ensemble vingt-neuf affiches in-fol. montées sur onglet, et réunies en 1 vol. in-fol.

Belles épreuves, la plupart très rares.

19. *Les Bourgeois de Molinchard*, par Champfleury. Lithographie par Et. David.

Très belle épreuve montée sur châssis.

19 *bis*. Affiches pour l'apparition de *Romans, Musique, Théâtre*, etc., par Donjean, Traivès, H. Valentin, Ch. Vernier. — Quatre-vingts pièces in-4 et in-fol., plusieurs fort rares.

ALBUMS.

20. *Album Breton, collection de gravures sur chine avant la lettre.* — Paris, *W. Coquebert*, 1846.

Titres et vingt planches gravées par Ch. Jacque, J. Collignon, Gaitte, etc.
Très belles épreuves sur chine, en 1 album, cart., de l'éditeur.

20 *bis*. *Album Chaos, caricature de tout le Monde*. — Paris, *Aubert*, s. d.

Trente-deux planches par Daumier, Grandville, etc., renfermant chacune un certain nombre de sujets imprimés sens dessus dessous, les uns à côté des autres.
Cartonnage de l'éditeur.

21. *Album dramatique*, par Camille Rogier, A. Leleux, &a. — Couverture illustrée et dix planches en 1 album in-8, broché.

22. Les Artistes Contemporains, 1re année, 1846. — Les Artistes anciens et modernes, 2e et 3e volumes, planches 25 à 72. Soixante-huit planches par Eug. Delacroix, Français, Ch. Jacque, C. Nanteuil, etc.

Belles épreuves sur chine, en trois vol., cart. de publication.

23. *Le Beau Nick, conte enfantin allemand, par Hermann Scharles.* — Paris, *Aubert*, s. d.

Titre et vingt-huit planches lithographiées.
Belles épreuves, exempl. broché.

24. — *Étrennes des petites Demoiselles, Recueil varié de dessins par Mrs* Devéria, A. Menut, Rouargue, Mme Colin *et autres artistes de Paris*. — Paris, *Aubert*, s. d. — Album in-8., cart. de l'éditeur contenant un titre et vingt-neuf lithographies par Devéria, Daumier, Grenier, etc.

Bel exemplaire.

25. *Fantaisies Lithographiques par divers Artistes.* — Paris, *Aumont*, s. d. Suite de vingt-quatre lithographies (incomplète des pl. 6 et 23), soit vingt-deux pièces par V. Adam, Wattier, Le Poitevin et autres.

Très belles épreuves dans la couverture de publication.

26. *Les Jésuites*, par Auguste Arnould, 1846. — Recueil de vingt vignettes dessinées par TONY JOHANNOT, R. CAZES, JULES DAVID, etc., et gravées par GEILLE, NORMAND et autres.

Très belles épreuves *avant la lettre* sur chine, en 1 vol., demi-rel.

27. *Lanterne magique d'Aubert, pièces curieuses, comiques...* — Paris, *Aubert*, s. d. — Suite de lithographies chiffrées de 1 à 72 (manque la planche 36).

Soixante et onze pièces en 1 album broché, cart. de l'éditeur cassé.

28. *Livres à Dentelles, reproduits et publiés par Amand-Durand, sous la direction de Emmanuel Bocher.* — Paris, *Amand-Durand*, 1883.

Cinq fascicules in-4, avec *épreuves en double état*, dans leur cartonnage de publication.

29. **London and Paris,** 1798-1809. — Précieux recueil de deux cent soixante-sept planches, réductions de caricatures politiques anglaises, scènes de mœurs françaises, sujets historiques, portraits, planches destinées à un ouvrage ainsi qu'en témoignent les indications, t. I, II, etc.

Très belles épreuves, un certain nombre coloriées, reliées en 2 vol., in-4 obl., et montées sur onglet.

30. *Voyage de Paris dans l'Amérique du Sud poussé jusqu'au Havre inclusivement.* — Paris, *Aubert*, s. d.

Suite complète de vingt-deux lithographies en 1 alb. in-4, cart. (dos cassé).

31. *Fantaisies Parisiennes.* — Paris, CURMER, s. d. — Illustrations typographiques (2e vol.), par H. PORRET. — Paris, *Porret et Boidoux*, s. d.

Deux albums brochés.

32. Études de chevaux, par Swebach. — Salon d'Horace Vernet, 1822. Recueil de titres de romances, par divers artistes. Ensemble trois recueils, deux cart.

33. *Mono-Organorama*, par A. GRÉVIN. — *Mœurs Moscovites*, par GIRIN. — *Le Parisien hors de chez lui*, par GIRIN. — *Le Roi des Albums*, grand magasin d'images, par CASTELLAN.

Quatre albums, couvertures ou cart. de publication.

34. *Pauvre Pierrot*, par AD. WILLETTE. *Histoire de Marlborough*, dessins de CARAN D'ACHE. — *L'Automobile Vimar.* — *Gueules Noires*, dessins de LUCE, d'après C. MEUNIER. Ensemble quatre albums.

35. *Le Musée Aubert pour cette année.* — Paris, *Aubert*, s. d. — *La Bétomanie.* — Paris, *Aubert*, s. d. — Recueil de caricatures sous le titre : *Album par* GRANDVILLE.

Ensemble quatre albums; trois sont complets, cartonnés et en bon état.

36. *Album de Portraits comiques, contenant plus de cent sujets variés.* — Paris, Magasin des Familles. *Histoire de Monsieur Prudent Janus Tournesol.* — Paris, *Martinon*, 1850. — *Autour de la Table, album de la Chasse et de la Pêche.* — Paris, *Paulin et Le Chevalier*, s. d. — *Livre d'Images*, 30 pl. (incomplet).

Ensemble quatre albums, couvertures conservées aux trois premiers.

37. *Portraits de Leurs Altesses Royales les Princes d'Orléans.* — *Essais de Gravure à l'Eau-forte*, 1835. — Portraits d'auteurs contemporains, par G. STAAL. — *S. George and the Dragon a Fact*, par CROCQWILL.

Ensemble quatre recueils.

38. *Types dessinés sur nature à l'Exposition Universelle de 1867*, par DRANER. — *Les Silhouettes faciles*, par DARJOU. — *Costumes Bretons*, par DARJOU. — *Les Filles de Marbre*, par TALIN et DAMOURETTE. — *Mono-Organorama*, par A. GRÉVIN.

Cinq albums brochés ou en feuilles sous couvertures de publication.

39. *Un An de la vie d'une jeune fille, roman historique en XVII chapitres, écrits par son confident et lithographiés par* M. WATTIER. — Paris, *Sazerac*, 1824. — *Un An de la vie d'un jeune homme, histoire véritable en 71 chapitres écrits par lui-même et lithographiés par* VICTOR ADAM. — Paris, *Sazerac*, 1824. — L'ÉCHELLE CONJUGALE (Les Illusions), 8 pl., par WATTIER (Les Réalités), 8 pl. — Paris, *Sazerac*, 1824. — *Vie d'un Gamin en 12 chapitres, par* PIGAL. — Paris, *Gihaut*, 1826. Ensemble cinq suites complètes avec couvertures, reliées en 1 vol. in-4, cartonnage de l'éditeur.

Très belles épreuves coloriées.

40. *A Book of fifty drawings, by* AUBREY-BEARDSLEY, deux albums. — Recueil de gravures sur bois et vignettes typographiques. — Fête communale de Cambrai. — *Les Prussiens chez nous*, par MARTIAL, 1871.

Cinq albums.

41. *Rires et Grimaces.* — *Petites gredineries Parisiennes.* — 3e *Album* CARAN D'ACHE. — *Histoire d'un projet de Femme.* — *L'Oncle Gigogne.* — *Impression de voyage de M. Boniface.* — *Efflorescences.* Sept albums par CHAM, GRÉVIN, TÉLORY, VALENTIN, etc.

42. *Ménagerie royale*, Londres, *C. Tilt*, s. d. — *C'est de l'or, de l'or... Aventure du Vte de la Linotière*, par A. NIGER. — Cent dessins de Maîtres. — *Les Maîtresses*, par BAC.

Ensemble sept albums ou recueils.

43. *Le Repas à travers les Ages.* — *Les Femmes de Bel-Ami.* — *Boum... voilà!* — *Les Lundis.* — *La Noce.* — *Bric-à-Brac.* — *Mémoire d'une glace.* — Huit albums par CARAN D'ACHE, GUILLAUME, COUTURIER, GERBAULT et BAC.

44. *Comment on étudie la médecine à Paris*, par LEFILS. — *Le Mérite des hommes*, par GIRIN. — *Coqueau et Coquette*, par COMBA. — *Plaisirs et occupations de la vie de château*, par QUILLENBOIS. — *Aventures de Nestor Camard*, par le même. — *Le Conservatoire de la Danse*, par le même. — *Comment on devient riche*, par BARIC. — *Le Déluge à Bruxelles*, par RICHARD. Ensemble huit albums, la plupart avec le cartonnage de publication.

45. *La Reine du Jardin*, par L. W. HAWKINS. — *Mes 28 Jours*, par A. GUILLAUME. — *Paris-vélo*, 1896. — *Nos Actrices*, par L. CAPPIELLO. — *Où elles vont*, par H. BOUTET. — *Le triomphe de la Femme*, par BAC. — *Le Cochon*, par ALF. LE PETIT. — *Guignols*, par HERMANN-PAUL. — *Two well-worn shoe stories*, etc.

Douze albums.

46. **Petits albums pour Rire** : *Bals bourgeois*, par DORÉ, MARCELLIN et MONTA. — *Les Collégiens*, par DORÉ. — *Un peu de tout*, par NADAR, etc.

Douze petits albums brochés.

47. **Albums** ou **recueils** divers : *Colonne Française, grande histoire* en 20 petites gravures. — *Les Plaisirs diaboliques de Pluton*, par B..., d'après CALLOT. — Recueils de vignettes, par THOMPSON, LAVOIGNAT et autres. — *Les Courses dans l'antiquité*, par CARAN D'ACHE. — *Yankee girl Abroad*, par J. M. FLAGG, etc.

Quatorze albums ou recueils.

48. *Album lithographique*, par H. BELLANGÉ, années 1833, 1835. — *Charades alphabétiques*, par VICTOR ADAM. — Vues de Hofwyl, par J. FAHNLEIN. — *Cent jours de la vie d'un Grand Homme*, par VICTOR ADAM.

Ensemble soixante-quatre lithographies en un album cart., couvertures conservées.

49. Sujets divers. — Paysages. — Marines. — Animaux. — Recueil factice de soixante-dix-neuf lithographies par ou d'après DEVÉRIA, MONNIER, LAMI, etc.

Bel exemplaire, cart.

50. *Croquis par divers artistes*, pl. 1 à 62. — Sujets divers, 83 pl.

En tout, cent quarante-cinq lithographies, par E. Isabey, Charlet, Lami, C. Nanteuil, Sorrieu et autres, réunies en trois albums.

51. Vignettes et culs-de-lampe, la plupart de l'Époque romantique.

Environ deux cents gravures sur bois, par Brevière, Porret, Cherrier, et autres, d'après Johannot, Monnier, etc., réunies en deux alb. cart. obl. (un certain nombre en épreuves de tirage à part).

ALIX (Pierre-Michel).

52. Bailly (Jean Sylvain), d'après Garnerey. Ovale petit in-fol.

Belle épreuve *imprimée en couleurs,* marges.

53. Corneille (Pierre). — Rousseau (Jean-Jacques). Deux pièces ovales, *imprimées en couleurs.*

Anciennes épreuves.

ANDRIEUX (A.).

54. Affiche pour l'*Almanach de la Présidence pour 1853*. Lithographie in-fol.

Très belle épreuve. Très rare.

ARNOUT (Jean-Baptiste).

55. **La Ville de Paris en Images**, *Palais, Églises, Monumens...* — Paris. [*Aubert*, s. d. Double couverture et dix lithographies contenant de nombreuses vues.

Bel exemplaire, broché. Rare.

ARTISTE (l').

56. Sujets divers et Paysages extraits de **l'Artiste**.

Cent soixante-quinze pièces. Belles épreuves.

BARYE (Antoine-Louis).

57. Ours du Mississipi. — Une Lionne et ses petits. Deux lithographies.

Belles épreuves, la première sur chine.

BASTIEN-LEPAGE (Jules).

58. Retour des Champs (H. B. 1).

Très belle épreuve.

BAUDE (Charles).

59. Portraits d'Hommes, d'après Rembrandt. Deux pièces grand in-fol.

Superbes épreuves imprimées sur japon.

BAUGNIET.

60. Portraits d'Artistes : Dantan jeune, Horace Vernet, Eug. Le Poitevin, Hipp. Bellangé, Gallait, Paul Delaroche, Leys, etc.

Vingt-trois lithographies in-fol.

BELLANGÉ (Hippolyte).

61. La Garde meurt et ne se rend pas. Lithographie in-fol.

Belle et rare épreuve avec des *croquis* en marges.

62. Brevet de Maîtres d'Armes. Lithographie in-fol.

Épreuve *coloriée*. Très rare.

63. Fantaisies. — Paris, *Philipon fils*, s. d.

Cinquante lithographies en un album., cart. de l'éditeur.

64. Scènes militaires et de genre. Trente lithographies.

BESNARD (d'après Albert).

65. Portrait d'Alexandre Dumas fils et suite complète de dix vignettes pour la *Dame aux Camélias*, gravées par Los Rios.

Deux suites, en épreuves *avant la lettre*, une suite à l'état *d'eau-forte pure*.

BESNARD, DUEZ, ROCHEGROSSE, LELOIR.

66. Croquis de têtes de Femmes et de Fillettes. Essai lithographique, *tiré à quelques exemplaires seulement*.

Belle épreuve.

BLÉRY, BRESDIN, MARVY.

67. Les quatre Guirlandes. — Le Vallon, mélodie de Lamartine. — La Comédie de la Mort. — Croquis, cahier de huit pl. En tout quatorze pièces.

Belles épreuves.

BOILLY (Louis Léopold).

68. Le Jeu de Billard. Lithographie in-fol.

Belle épreuve.

69. Grimaces et Types divers. Vingt-quatre lithographies.

Belles épreuves.

BONINGTON (Richard-Parkes).

70. Rue du Gros Horloge à Rouen (A. Bouvenne I). Lithographie.

Belle épreuve sur papier de Chine fixé. Collection A. Lebrun.

71. Façade de l'église de Brou. — Vue d'une rue des faubourgs de Besançon. — Croix de Moulin-les-Planches. — Ruines du château d'Arlay. — Pierre de Vaivre, etc. Neuf lithographies.

Belles épreuves, plusieurs sans marges.

BONVIN (François).

72. Les Instruments de l'eau-forte. — Fileuse bretonne. — Enfant mangeant sa soupe. — Le Graveur. — La Rue du Champ-de-l'Alouette. — Le Joueur de guitare, 1861. Suite de six eaux-fortes.

Très belles épreuves dans la couverture de publication.

BOULANGER (Louis).

73. Ronde du Sabbat. Lithographie grand in-fol., une des pièces les plus typiques de l'époque romantique.

Très belle épreuve sur papier de Chine.

74. Les Fantômes (Victor Hugo). Lithographie grand in-fol.

Belle épreuve. Rare.

75. Le Massacre de la Saint-Barthélemy. Lithographie grand in-fol.

Superbe épreuve sur chine. Rare.

76. Le Veau d'or, 1831.

Lithographie grand in-fol. Belle épreuve. Très rare.

77. **Les Orientales :** Sara la Baigneuse. Lithographie.

Belle épreuve sur papier de Chine.

78. Les Orientales. — Le Dernier jour d'un Condamné. Trois lithographies.

Belles épreuves du second tirage.

79. Le Sommeil du Lion. — Androclès. — Attaque de l'Ours. — Les Conseils. Quatre lithographies.

Belles épreuves sur papier de Chine fixé, la dernière d'après L. Boulanger, par H. Garnier.

80. L'Attaque du lion. — Attaque de l'ours. — Attaque du tigre. — Androclès. — Le Dante. — Rob Roy. — Don Juan. — Paganini en prison. — Chasse infernale. Douze lithographies.

Belles épreuves, quatre sont sur papier de Chine fixé.

BOULARD (Auguste).

81. Mon ancien Régiment, d'après E. Detaille. Eau-forte in-folio.

Très belle épreuve *d'artiste, avant la lettre*, sur papier du Japon.

BOUQUET (Auguste).

82. Auguste Bouquet, par lui-même. Lithographie.

Très belle épreuve à toutes marges. Rare.

83. Portraits de Cavaignac, Guinard et Trélat, sur la même planche. Lithographie petit in-fol.

Belle épreuve. Rare.

84. Caricatures politiques. — Scènes de Théâtre. — Reproductions de tableaux. — Portrait de Ch. Cavet. Trente pièces.

Belles épreuves.

BOUTET (H.)

84 *bis*. Autour d'Elles. — Menus. — Ex-libris, etc.

Vingt-cinq pièces, y compris un croquis à la mine de plomb.

BRACQUEMOND (Félix).

85. Dessins, croquis et vignettes gravées à l'eau-forte pour *Trois dizains de Contes gaulois* (H. B. 415 et suivants), 1862.

Neuf dessins et quatre eaux-fortes de *toute rareté, tirées à quelques exemplaires seulement*.

BRESDIN (Rodolphe).

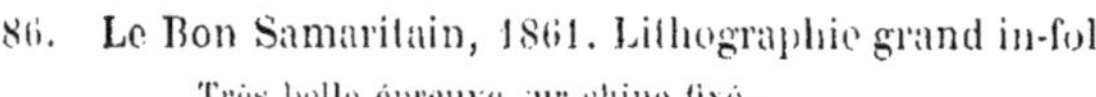

86. Le Bon Samaritain, 1861. Lithographie grand in-fol.

Très belle épreuve sur chine fixé.

87. Repos en Égypte. — Intérieur. — Le Vallon, titre de musique. Trois pièces.

Belles épreuves sur chine.

BUISSON (Jules).

88. *Essais d'eau-forte avec titres en vers, dédiés à Philippe Mis de Chennevières*, 1846. Couverture illustrée renfermant vingt-six planches, sujets divers et textes gravés.

Belles épreuves, imprimées en bistre.

BURNEY (Eugène).

89. La Chocolatière, d'après Liotard, 1885 (H. B. 16). In-fol.

Superbe épreuve *avant la lettre*, sur papier de Chine, *signée*.

CARICATURES.

90. Arrivée du duc de Cambridge à la cour de son Père, pièce satyrique accompagnée d'une chanson.

Belle épreuve coloriée. Rare.

90 *bis*. Chansons politiques de Béranger : *Vive la Charte! — La Vivandière. — Le Censeur*. Trois lithographies anonymes fort rares, publiées à Bruxelles.

Très belles épreuves coloriées.

91. Caricatures anglaises, allemandes et hollandaises.

Neuf pièces, la plupart coloriées.

92. *Hollandia-Regenerata*. — (Londres, 1796). Suite de vingt eaux-fortes gravées par Humphreys, d'après D. Hess.

Très belles épreuves *imprimées en sanguine*, avec la couverture et le texte explicatif, en 1 album cart.

93. **Association Mensuelle :** planches 1re (*Analyse de la Pensée*), par Raffet, 7e (*Grenier d'Abondance*), par Grandville et Julien, 12e (*Comme quoi le grand Chevalier...*), par Grandville et Despéret, 15e (*Les Faux monnayeurs*), par Traviès, 16e (*Descente

dans les Ateliers...), par Grandville et Despéret, et 21e (*Enfans, croyez-moi...*), par Grandville et Despéret. Six lithographies in-fol.

Très belles épreuves sur *papier de Chine*, une a été pliée.

94. **Association Mensuelle :** planches 1, 2, 3, 4, 5, 6, 8, 9, 10, 11, 13, 14, 17 et 23. Quatorze lithographies in-fol., par Raffet, Traviès, Grandville, etc.

Belles épreuves, plusieurs mal conservées.

95. Caricatures politiques, relatives aux règnes de Charles X et de Louis-Philippe. Trente-cinq lithographies par Grandville, Gérard-Fontallard, Arago, Garnerey, etc.

Belles épreuves, un certain nombre coloriées.

96. Caricatures politiques relatives à Charles X et à Louis-Philippe. Trente-sept pièces par divers artistes.

Belles épreuves.

97. Scènes de Mœurs. Vingt-six pièces par Ch. Philipon, Numa, Gérard-Fontallard, etc., plusieurs *avant la lettre*.

Belles épreuves, la plupart coloriées.

98. Scènes de Mœurs.

Soixante-cinq pièces.

99. Scènes de Mœurs. Soixante-dix pièces par divers artistes.

100. Caricatures politiques. — Scènes de Mœurs. — Portraits-charges.

Dix-huit pièces par Gill, Hadol, Pilotell et autres.

CARTES (Jeux de).

101. Jeu de Dominos illustré. — Cartes illustrées fantaisistes de l'époque de la Restauration.

Quatre-vingt-dix-neuf petites pièces formant trois séries.

CHAM (de Noé, dit).

102. *Almanach astrologique*, années 1859, 1860, 1862, 1864. — *Almanach de la Chanson*, 1859. — *Almanach du Charivari*, années 1862, 1864, 1870. — *Almanach Comique*, années 1846, 1847, 1848, 1850, 1852, 1853, 1855 (avant la lettre), 1857, 1859, 1862, 1864, 1867, 1869 et 1870. — *Almanach Liégeois*, années 1859, 1860, 1862, 1867, 1869. — *Almanach pour Rire*,

années 1854, 1855, 1856, 1857, 1867, 1869, 1870. Ensemble trente-six affiches petit in-fol.

Belles épreuves *coloriées*.
N. B. Ce numéro pourra être divisé.

103. *Les Tortures de la Mode.* — *Album de Rébus comiques.* — *Impressions de voyage de Monsieur Boniface.* Trois albums, deux avec la couverture de publication, le dernier cartonné.

104. *Nos Gentilshommes.* — Paris, *Aubert.* — *A la guerre comme à la guerre* (manque la pl. 17), 12 sont *avant la lettre.* — Caricatures diverses. Soixante lithographies.

Belles épreuves. *Nos Gentilshommes*, dans le cartonnage de publication.

105. *L'Art de réussir dans le Monde.* — *Les Tâtonnements de Jean Bidoux dans la carrière militaire.* — *Album saugrenu.* — *Mœurs algériennes, chinoiseries turques.*

Quatre séries, deux dans le cartonnage de publication.

CHAM, MEYER ET STOP.

106. Titres de Romances. Deux cents pièces.

Belles épreuves, un certain nombre avant la lettre, sur papier de Chine.

CRUIKSHANK (GEORGE).

107. *Scraps and Sketches.* — Londres, s. d. Suite complète de 24 pl., avec couverture et cart., d'édition.

CHARLET (NICOLAS-TOUSSAINT).

108. Le Hussard l'épée à la main (La C. 19 RR) Les deux Hussards (20 RR). Deux lithographies très rares.

Belles épreuves.

109. Réjouissances publiques (La C. 105 R.). Lithographie in-fol.

Belle épreuve.

110. Le Grenadier de Waterloo, 1re et 2e planches. — La Bienvenue. — Les Invalides en Goguette. — L'allocution, 1830, etc. Sept lithographies.

Belles épreuves, trois coloriées.

111. Costumes militaires. — Couvertures. — Planches non terminées, etc. Quinze lithographies.

Belles épreuves.

112. Sujets militaires et Scènes de genre. Vingt-sept lithographies.

Belles épreuves.

113. Scènes militaires.—Sujets de genre. Quarante-six lithographies.

114. Scènes militaires. — Sujets de genre. — Cinquante-sept lithographies.

115. Scènes militaires et scènes de genre. Soixante lithographies.

Bonnes épreuves.

115 *bis*. Scènes de genre. — Paysages. Études et croquis.

Dix-sept eaux-fortes en 1 alb. in-4 obl., cart.

CHÉRET (Jules).

116. Couvertures de livres. — Titres de Musique. — Cartes d'invitation. — Menus. — Compositions diverses. Réductions d'affiches. — Fantaisies.

Ensemble six cent cinquante pièces, un certain nombre en plusieurs états ou en épreuves d'essai, plusieurs fort rares.
Réunion des plus intéressantes.

CRANE (Walter).

117. *Illustrations to Shakespeare's, two gentlemen of Verona, by* Walter Crane, 1894.

Très bel exemplaire dans la boite-cartonnage de publication.

118. *Cartons for the Cause*, 1886, 1896, by Walter Crane, 1896.

Bel exemplaire.

DANTAN.

119 *Dantanorama*, 12 planches sous couverture de publ. — *Museum Dantonorama*, 10 pl., sous couv. de publ.

Ensemble vingt-deux lithographies. Belles épeuves.

DARJOU (A.).

120. *Toilettes de nos grand'mères*. — Paris, au *Journal des Modes Parisiennes*, s. d. Vingt pièces coloriées en 1 album broché, couv. de publication.

121. *Voyage comique et pittoresque en Bretagne.* — Paris, au bureau du *Journal Amusant*, s. d. Titre et dix-neuf planches en 1 album broché, couverture de publication.

Belles épreuves.

DAUMIER (HONORÉ).

122. Portrait de Daumier. Photographie in-fol.

123. Le Sauvage Bineau. — Lithographie.

Très belle épreuve. Rare.
N. B. Cette épreuve, qui devait paraître dans le *Charivari* (30 novembre 1848), fut remplacée dans la série des *Représentants représentés* par un autre portrait du même personnage, également de Daumier, mais un peu plus petit.

124. Pascal Duprat. Lithographie.

Très belle épreuve d'essai. Collection Champfleury.
N. B. Ce portrait qui devait faire partie de la série des Représentants représentés ne parut pas. Daumier, qui me fit cadeau de cet exemplaire unique, ne se rappelait plus quel personnage politique il avait crayonné... (note de Champfleury).

125. Enfoncé les bons gendarmes, 1830. Lithographie.

Très belle épreuve du 2ᵉ état. Collection Champfleury.

126. Bien-heureux ceux qui ont faim et soif, parce qu'ils seront rassasiés. Lithographie extraite de *La Silhouette*, 1830.

Belle épreuve, coloriée. Collection Champfleury.

127. Monseigneur, s'ils persistent nous mettrons Paris en état de siège, 1831. Lithographie.

Belle épreuve, coloriée.

128. Les Réjouissances de Juillet... vues de Sainte-Pélagie. Lithographie à la plume.

Très belle épreuve tirée hors texte, sur papier de Chine fixé. Collection Champfleury.

129. Souvenir de Sainte-Pélagie, grande planche, 1834. Lithographie où sont représentés trois compagnons de captivité de Daumier : le graveur Lerouge, l'avocat Landon et le romancier Masse.

Superbe épreuve sur papier de Chine fixé. Fort rare. Collection Champfleury.

130. Le Ventre législatif, 1834. Lithographie in-fol.

Belle épreuve (a été pliée).

131. Très hauts et très puissans moutards... Lithographie in-fol.

Belle épreuve (doublée au pli).

132. Ne vous y frottez pas! Lithographie in-fol.

Très belle épreuve, doublée.

133. *Enfoncé Lafayette!... Attrape, mon vieux!* Lithographie in-fol.

Très belle épreuve (a été pliée).

134. Rue Transnonain, le 15 avril 1834. Lithographie in-fol.

Bonne épreuve.

135. Le Jour de l'An. Lithographie publiée dans *La Caricature provisoire*.

Belle épreuve tirée hors texte.

136. Nous nous sommes bien amusés! Lithographie.

Superbe épreuve, tirée hors texte.

137. Le jeune Estancelin est obligé de rentrer en classe! Lithographie.

Trois épreuves : 2e état (le 1er est avant la lettre), avec les *quilles*; 3e état : avec *un porc la hure en l'air*; 4e état : avec *un porc pleurant*.
N. B. L'ordre des états indiqué dans une note, par Champfleury, au bas d'une des épreuves, est *fautif*.

138. Deux Femmes dans un paysage. Lithographie demeurée inédite.

Belle épreuve d'essai, portant en suscription dans la marge du haut, le mot : *effacer*, et dans celle du bas, une *croix*. Collection Champfleury.
N. B. On ne connait que deux épreuves de cette pièce.

139. Le Cauchemar de Bismarck.

Très belle épreuve *avant la lettre*.

140. Les Châtiments.

Très belle épreuve.

141. Guizot. — Cunin-Gridaine. — Benjamin Delessert. — Prunelle. Un Rentier des bons royaux, etc.

Dix lithographies, la plupart extraites de *La Caricature*.

142. Portrait de Daumier et Sujets divers. Recueil factice de trente-sept compositions gravées en bois par Charles Maurand pour le *Monde Illustré* (1861-1868).

Superbes épreuves en *double état tirées à part sur papier de Chine et sur teinte*, soit ensemble soixante-quinze pièces, y compris le portrait de Daumier, dessiné par EDMOND MORIN et gravé par AUGUSTE LÉVEILLÉ.

143. *Robert Macaire*, s. l. n. d. Suite de soixante lithographies à la plume, très petites réductions des planches originales de DAUMIER, les légendes imprimées sur une feuille en regard de chaque planche.

Belles épreuves tirées sur des *papiers de différentes couleurs*, en 1 vol. in-18, cart. d'édition.

144. Mœurs conjugales, le Compliment, gravé en bois par BIROUSTE. *A la Cour d'Assises*, gravé en bois par SMEETON et TILLY. *Musée Parisien*, n° 4. Clichés de la maison Aubert. Seize pièces.

Belles épreuves tirées hors texte, la première sur chine.

DAUMIER, GAVARNI, BOUCHOT (d'après).

145. Scènes de Mœurs. Cent quinze lithographies extraites du *Musée pour Rire*.

Belles épreuves.

DAUBIGNY (CHARLES-FRANÇOIS).

146. Adresse de A. Malzieux, mouleur, *rue Neuve-Saint-Paul, 9* (F. H. 8). Eau-forte in-12.

Belle épreuve sur *papier de Chine* (4e état).

147. Le Cèdre du Liban, pour le *Jardin des Plantes*, de Curmer (F. H. 16). Eau-forte.

Fort rare épreuve du 1er état, *avant toute lettre* et avec le *croquis* en marge.

148. Comment naissent les villes (F. H. 12). — Chaumières au bord de l'eau (13). — Titre et Paysages (60 à 72, 74 à 78, 80 à 82 et 87). Vingt-cinq eaux-fortes.

Belles épreuves.

DAVID (JULES).

149. Les Mystères de Paris, suite de dix lithographies inspirées de l'ouvrage d'Eugène Sue.

Très belles épreuves imprimées sur teinte, dans la couverture de publication.

150. Les Amants célèbres. — Les Marmots. — Scènes historiques. — Sujets de genre. — Paysages. — Croquis variés. — Scènes du *Juif errant* (Eug. Sue), etc.

Cent cinquante lithographies, un certain nombre *avant la lettre*, sur papier de Chine.

151. Scènes de genre. — Frontispices. — Titres de Romances. Deux cents lithographies.

Très belles épreuves, la plupart *avant la lettre*, sur papier de Chine.

DAVID D'ANGERS (d'après).

152. Portraits de savants, littérateurs, artistes, hommes d'État, gravés par le *Procédé Collas*, d'après les médaillons de David d'Angers.

Soixante-six pièces en 1 vol. in-4, cart.

DEBUCOURT (PHILIBERT-LOUIS).

152 *bis*. Le Chiffonnier, d'après Carle Vernet. Petit in-fol.

Très belle épreuve imprimée sur teinte.

DECAMPS (ALEXANDRE-GABRIEL).

153. Douze croquis, 1830-1831 (Ad. M. 36-47). Suite complète de douze lithographies.

Belles épreuves.

154. Œuvre de Decamps; eaux-fortes et lithographies originales, caricatures, croquis, scènes de chasse et lithographies et eaux-fortes, par divers artistes d'après ses peintures. Deux cents pièces par Decamps, Mouilleron, Nanteuil, Masson, Français, etc.

Belles épreuves, plusieurs *avant la lettre* ou sur papier de Chine.

DE FEURE, VEBER, JOSSOT.

154 *bis*. Sujets divers. — Caricatures. Quarante-cinq pièces.

Belles épreuves, la plupart en *épreuves d'essai*, impr. en plusieurs tons.

DELACROIX (EUGÈNE).

155. Feuille de croquis avec les portraits d'Eudore Soulier et d'Horace Raisson (Ad. M. 7). Lithographie.

Belle épreuve (séparée en trois morceaux). Très rare.

156. Tigre couché dans le désert. (A. M. 16). Eau-forte.

Très belle épreuve sur papier de Chine, l'adresse de Delatre, grattée.

157. Lionne déchirant la poitrine d'un Arabe (Ad. M. 17). — L'abbé Martial Marcet (3). — Cheval sauvage (39). — Lion dévorant un cheval (56). — Juive d'Alger.

Six eaux-fortes et lithographies.

158. La Fuite du Contrebandier, tête de page pour une romance. (Ad. M. 38.) Lithographie.

Belle épreuve.

159. Nègre à cheval (Ad. M. 35). — Macbeth consultant les Sorcières (36). — Front-de-Bœuf et le Juif (45). — Feuille de croquis, par Fréd. Villot. Quatre lithographies.

Belles épreuves.

160. Faust, tragédie de Gœthe (Ad. M. 58-75). Suite complète de dix-huit pièces (y compris le portrait de Gœthe).

Belles épreuves du 1er tirage, avec le nom de CH. MOTTE comme imprimeur, le portrait de Gœthe tiré sur chine.

N. B. Cet exemplaire renferme la planche originale, *Ce que vous avez de mieux à faire*, dont la pierre s'étant cassée après un très petit nombre d'épreuves, a été remplacée par une copie.

161. La même suite.

Belles épreuves de divers tirages, dans la couverture de publication ; la couverture et les pl. 2 et 6 sont avec l'adresse de Ch. Motte.

162. La même suite.

Exemplaire de l'édition de GOYER et HERMET.

DELACROIX, DEVÉRIA, BOULANGER, ROQUEPLAN

163. *Chroniques de France*, par Amable Tastu. Suite de dix lithographies.

Très belles épreuves sur papier de Chine, avec double couverture de publication.

DELACROIX (EUG.), DEVÉRIA (A.) ET ROQUEPLAN.

164. *Illustrations de Walter Scott, sujets lithographiés tirés de ses romans.* Paris, *H. Gaugain*, s. d. Douze lithographies.

Belles épreuves, avec la couverture de publication.

DELACROIX (d'après EUGÈNE).

165. Sujets divers. — Dix-neuf eaux-fortes et lithographies, par d'Henriet, Mouilleron, Villot, Milius, etc.

Belles épreuves.

DELAROCHE (PAUL).

166. L'Éclatant, étalon du Haras Royal du Pin, d'après Eug. Lami, 1823. Lithographie.

Belle épreuve. Rare.

DENON (attribué à VIVANT).

167. Voltaire à table avec ses amis. Eau-forte petit in-fol.

Deux belles épreuves tirées sur papier de couleur, une *avant la lettre*.

DEVÉRIA (ACHILLE).

168. Amigo (Mlle) (H. B. 10). — Julia (Mlle) (25). — Falcon (Mlle C.) (72). Trois lithographies in-fol.

Belles épreuves.

169. Carnevale (H. B. 12). — Lithographie in-fol.

Belle épreuve sur *papier de Chine*. Rare.

170. David (Alexandre), lithographe (H. B. 63). — David (Jules), lithographe (64). — Desmaisons (Émile), lithographe (65). — Jeannin, éditeur (88). Quatre lithographies in-4.

Très belles épreuves, trois sur *papier de Chine*.

171. Berthe Devéria, âgée de 7 mois (octobre 1833). (H. B. 227). Lithographie in-fol.

Très belle épreuve sur *papier de Chine*.

172. Mme Eugène Devéria (Mlle Aglaé Lavie du Rausel), 1821 (H. B. 230). Mlle Laure Devéria, sœur d'Achille (231). Deux lithographies.

Très belles épreuves, la seconde sur *papier de Chine*.

173. Duret (Jean-Pierre), portrait en pied, 1828 (H. B. 257). Lithographie in-4.

Très belle épreuve sur *papier de Chine* (légèrement piquée).

174. Grévedon (Henri), lithographe (H. B. 82). Lithographie in-fol.

Très belle épreuve sur *papier de Chine*.

175. Hofman (Clémentine), née Tanska. Lithographie *non décrite*.
Belle épreuve sur *papier de Chine*. Rare.

176. Victor Hugo, 1829 (H. B. 24). Lithographie in-fol.
Très belle épreuve sur *papier de Chine*.

177. Lamartine (Alph. de) (H. B. 27) 2 épreuves. — Vigny (Alfred de) (39). Trois lithographies in-fol.
Très belles épreuves sur *papier de Chine*.

178. Lamartine (A. de) (H. B. 27). — Vigny (Alf. de) (39). — Élisa Mercœur (102). Trois lithographies.
Belles épreuves, deux sont sur *papier de Chine*.

179. Lemercier, imprimeur-lithographe (H. B. 28). Lithographie in-4.
Très belle épreuve sur *papier de Chine*. Très rare.

180. Léopold (roi des Belges), prince souverain de Grèce (H. B. 7). Lithographie.
Très belle épreuve.

181. Léon Noël, lithographe (H. B. 30). Lithographie petit in-fol.
Très belle épreuve (légèrement piquée).

182. Camille Roqueplan, peintre et lithographe, 1829. (H. B. 32). Lithographie.
Belle épreuve. Rare.

183. Femme assise, entourée de deux Fillettes (H. B. 317). Lithographie in-fol.
Très belle épreuve sur *papier de Chine*. Très rare.

184. Manuel. — De Treguey. — Casimir Perier. — Anonymes. Neuf lithographies.
Belles épreuves, cinq sont sur *papier de Chine*.

185. *Contes de La Fontaine*. — Paris, *Ardit*, s. d. Trente-sept lithographies et couverture illustrée.
Belles épreuves, plusieurs sur *papier de Chine* ou *coloriées*, quelques-unes remontées.

186. La même suite. Trente lithographies.
Belles épreuves.

187. *La vie d'Ésope*, texte de La Fontaine. — Paris, *H. Gache*, s. d.
Couverture et cinquante lithographies à la plume en 1 vol. in-4, cart.

188. *Motifs variés*. Paris, *Aumont*, s. d. Suite de douze lithographies in-fol., avec couverture illustrée.
Belles épreuves.

188 *bis*. Album des Salons. — Bruxelles. *Société des Beaux-Arts*, 1840. Dix-huit lithographies avec couverture de publication.

Belles épreuves.

189. Costumes historiques pour Travestissements. Douze lithographies in-fol.

Belles épreuves, du second tirage, onze sur *papier de Chine volant*.

190. Couvertures illustrées : *Album de douze sujets*, 1830. — *Albums lithographiques*, 1829, 1831, 1834. — *Contes de La Fontaine*, etc.

Dix couvertures, en bon état de conservation.

191. Couvertures : Album lithographique, 1828, 1829. — Nouvel Album. — Travestissements. — Sujets divers extraits de l'*Artiste*. Vingt-trois lithographies.

Belles épreuves, plusieurs sur *papier de Chine*.

192. Le petit Lapin. — Attention maternelle, *épreuve d'essai*. — Contes des Fées. — Motifs variés, etc. Treize lithographies.

Belles épreuves, plusieurs sur *papier de Chine* ou *coloriées*.

193. Chroniques de France. — Scènes de l'Histoire de France et de l'Histoire d'Angleterre. — Œuvres de Walter Scott. Vingt lithographies in-4 et in-fol.

Belles épreuves, la plupart sur *papier de Chine*.

194. Portraits divers et Vignettes. Trente pièces par ou d'après Devéria.

Belles épreuves.

195. Sujets gracieux et de fantaisie. — Portraits divers.

Quarante pièces, plusieurs tirées sur *papier de Chine*.

DEVÉRIA (Achille et Eugène).

196. Léopoldine Hugo, enfant, 1830. Lithographie in-4.

Très belle épreuve sur *papier de Chine*.

197. La même estampe.

Belle épreuve.

DEVÉRIA (A.) et BOULANGER (L.).

198. *Souvenirs du Théâtre Anglais*. Deuxième livraison contenant dix lithographies parmi lesquelles le portrait de *Mrs Smithson*, devenue plus tard *Mme Hector Berlioz*.

Très belles épreuves, sur chine ou sur teinte, la plupart coloriées (couverture du recto conservée).

DEVÉRIA (A. et E.), ROQUEPLAN (C.), LÉPAULLE (G.).

199. Douze Sujets, 1830. — Paris, *E. Ardit*. Douze lithographies in-fol., y compris la couverture et parmi lesquelles figure le portrait de *Léopoldine Hugo* par les frères Devéria.

Très belles épreuves sur *papier de Chine*, en livraison.

DEZAUNAY et BERNARD.

200. Bretonnes. — Études de Femmes. Six eaux-fortes ou lithographies, quatre *imprimées en couleurs*.

Belles épreuves, *signées*.

DIAZ (par et d'après Narcisse).

201. La Mort de peur. — Imposture. — La Veuve. — Les Folles amoureuses. — Sujets divers et Paysages. Trente-cinq pièces par Diaz, Mouilleron, Geoffroy, Marvy, etc.

Belles épreuves.

DIVERS.

202. Le Couché de la Mariée. — Le Billet doux. — Le Sommeil de la Fiancée.

Trois *reproductions*, d'après Moreau le Jeune, Lavreince et Regnault.

203. Illustrations. — Caricatures du *Rire*. — Réductions d'affiches, etc.

Soixante-cinq pièces, un certain nombre en *épreuves d'essai*.

203 *bis*. Réimpressions ou copies d'Estampes du XVIIIe siècle pour les Contes de La Fontaine, publiées par Lemonnyer. — Figures pour les Contes de La Fontaine, composées par Martial Potémont.

Ensemble, cinquante-huit planches en livraisons.

204. Sujets divers. — Scènes de genre. — Caricatures, etc.

Soixante-cinq pièces par divers artistes.

204 *bis*. Sujets divers. Quarante pièces par Caldain, Couturier, Péan Rouart, etc.

Belles épreuves.

204 *ter*. Sujets divers, par ou d'après H. Rivière, Meusnier, Noury, Le Petit.

Ensemble cent pièces, un certain nombre en *épreuves d'état*.

DORÉ (GUSTAVE).

205. Les Joyeux Ivrognes (H. B. 1). Eau-forte.

Très belle épreuve du 3e état, sur *papier du Japon*. Collection du Dr Michel.

206. Montagnes d'Écosse (H. B. 3). Eau forte petit in-fol.

Très belles épreuves, avec retouches au crayon de la main de Doré.

207. Misérables sur le Pont de Londres, 1873 (H. B. 11). Eau-forte petit in-fol.

Très belle épreuve.

208. La petite Mendiante (H. B. 13). Eau-forte in-4.

Très belle épreuve, avant le nettoyage de la planche.

209. La même estampe.

Très belle épreuve du 3e état, avec *retouches au crayon*.

210. Marchandes de fleurs à Londres (H. B. 15). Eau-forte in-4.

Deux belles épreuves, une du 1er état (tachée).

211. Distribution de pain au Couvent (H. B. 20). Eau-forte in-fol.

Très belle et *unique* épreuve du 2e état.

212. Le Combat, scène tirée de l'Arioste (H. B. 25). Eau-forte.

Très belle épreuve du 2e état.

213. Le Baiser de Judas (H. B. 36). Eau-forte gr. in-fol.

Deux belles épreuves, une *retouchée à l'encre de Chine par l'Artiste*.

214. Le Néophyte. Eau-forte grand in-fol.

Épreuve d'essai, *non terminée*.

215. La Rue de la Vieille-Lanterne (*mort de Gérard de Nerval*), lithographie (H. B. 69).

Très belle épreuve, sur *papier de Chine*. Rare.

216. La même estampe.

Deux épreuves en mauvais état de conservation.

217. Bal de la Mi-Carême (dans l'atelier de l'artiste). Lithographie in-fol.

Belle épreuve sur chine (remontée).

218. Batailles de la Guerre d'Italie. Suite de dix lithographies in-fol., coloriées.

Belles épreuves dans le cartonnage de publication.

219. Bal de la Mi-Carême. — Sujets divers. Onze lithographies, la plupart pour le *Musée Français-Anglais*.

Très belles épreuves, la plupart *avant la lettre*, sur *papier de Chine*.

220. Dante et Virgile. — Les Musiciens. — Le Ménétrier. — Titres de romances, etc. Quinze lithographies.

Belles épreuves, plusieurs *avant la lettre*, sur *papier de Chine*.

221. Scènes Alsaciennes et humoristiques. — *L'Homéo-pathos et les Homéopathes*.

Seize lithographies, quelques-unes par Edm. Morin, d'après G. Doré, plusieurs *fort rares*.

222. *Des-agréments d'un Voyage d'agrément*. — Paris, *Féchoz* et *Letouzez*. Album : titre et vingt-quatre lithographies.

Bel exemplaire, broché.

223. *La Ménagerie Parisienne*. — Aux bureaux du *Journal pour Rire*, s. d. (1854). Album contenant vingt-quatre lithographies.

Belles épreuves montées sur onglet, en 1 vol., cart.

224. *Les Travaux d'Hercule*. — Paris, *Aubert*, s. d. (1847). Album contenant un titre et 46 lithographies à la plume.

Bel exemplaire, cartonné.

225. *Trois Artistes incompris et mécontents, leur voyage en province... et ailleurs!!...* — Paris, *Arnold de Vresse*, s. d. Titre et vingt-cinq lithographies en 1 album broché.

226. *L'Album de Gustave Doré*, 1862. Suite de douze lithographies.

Belles épreuves sur *papier de Chine*, une en double, *avant la lettre*, soit treize pièces.

227. **Titres pour des morceaux de musique** : 1° Le Lac. — 2° L'Automne. — 3° Le Retour des Aigles. — 4° Frida. — 5° Le Chasseur. — 6° Pendant la Vendange. — 7° Le Pressoir. — 8° La Potence. — 9° Souvenir d'Alsace. — 10° Au Tombeau de Marie. — 11° Le Juif errant. — 12° Les Étoiles qui filent. — 13° Le Chasseur. — 14° Le Roi solitaire. Dix-huit lithographies.

Très belles épreuves, dix sont *avant la lettre*, sur *papier de Chine*.

228. Compositions diverses pour le *Rabelais*, *Don Quichotte*, le *Voyage en Espagne*, les *Contes de Perrault*. Cent soixante-dix *fumés*, la plupart des *réductions*.

DUEZ, RENOUARD, MOREAU-NÉLATON, H. MARTIN.

229. Gambetta sur son lit de mort. — La Muse. — Religieuse. — Sur la Plage, etc.

Sept pièces. Belles épreuves, trois sont *signées*.

DUPLESSIS-BERTAUX (JOSEPH).

230. La Vie de l'Enfant Prodigue. — Scènes de Théâtre. Vingt-six petites pièces, suites complètes, y compris le titre.

Belles épreuves, la première suite est *avant la lettre*.

231. Scènes de la Révolution. Batailles de la République et de l'Empire, — Quarante pièces, la plupart à l'état d'*eau-forte pure*.

DUPRÉ (JULES).

232. Pacages du Limousin. — Moulin de la Sologne. — Vue prise en Normandie. — Port de Plymouth. — Vue prise en Angleterre. — Bords de la Somme. Six lithographies.

Belles épreuves du tirage de l'*Artiste*.

DUVAUX (JULES).

233. Affiche pour : *The Parisian Bell or the London and Paris advertiser*. Lithographie petit in-fol.

Très belle épreuve. Rare.

EAUX-FORTES.

234. *L'Illustration nouvelle, par une Société de Peintres-Graveurs à l'eau-forte* (Années 1868, 1re année, à 1877 inclus). — L'Eau-forte en 1878, 1879, 1880, 1881. — PARIS, *Cadart*.

Treize fascicules en feuilles ou cartonnés, contenant des œuvres de BRACQUEMOND, BUHOT, ROPS, LALANNE, DESBOUTIN, CHAUVEL et autres.

235. Marie Leczinska. — Mirabeau et de Dreux-Brézé. — Sujets de genre. — Paysages.

Douze eaux-fortes par Lalauze, Kratké, Penet, Flameng et autres, d'après Van Loo, Dalou, Th. Rousseau, etc., la plupart en *épreuves d'artiste*.

236. Sujets divers et Paysages.

Trente-trois pièces par Bracquemond, Flameng, Rassenfosse et autres.

237. Les Paysagistes actuels, couverture et trente-six pièces gravées par Calame, Marvy, Berthoud, etc.

Belles épreuves.

238. *Six croquis à l'eau-forte, d'après R. P. Bonnington, par W. de Tromelin*, 1834. — Sujets divers et Portraits, par Th. Chauvel, Lalauze, Flameng, etc.

Quarante pièces. Belles épreuves.

239. Sujets divers. — Portraits. — Paysages. Cinquante pièces par divers artistes, extraites de l'*Art*.

Belles épreuves.

EDWARDS (Edwin).

240. *Outs for Inns.* Couverture et 39 feuillets, planches et texte (incomplet).

Belles épreuves sur *papier du Japon*.

ÉPREUVE (L').

241. **L'Épreuve,** album d'art, fondé et dirigé par Maurice Dumont, 1895-1896. — **Exemplaire de luxe** (complet?), renfermant deux cent quarante-huit planches, par Puvis de Chavannes, Fantin-Latour, Rops, Louis Legrand, etc., y compris un certain nombre de *doubles* en *états* ou impressions différentes.

ESTAMPES JAPONAISES.

242. Batailles relatives à la dernière guerre sino-japonaise.

Douze estampes triptyques.

EX-LIBRIS.

243. *Ex-libris imaginaires et supposés de personnages anciens et modernes.* — Paris, *L. Joly*, s. d. — Vingt-trois pièces en 10 fascicules.

FAC-SIMILE.

244. *Portefeuille d'amateur, nº 1* (*Boussod*, édit.), contenant dix planches d'après Millet, Dupré, Chaplin et autres.

FANTIN-LATOUR (Henri).

245. Les Baigneuses, moyenne planche.

Très belle épreuve sur *papier du Japon, signée.*

FLAMENG (Léopold).

246. M. Q. De La Tour, d'après lui-même. — Les Amateurs, d'après Meissonier. — Sujets divers. — Six eaux-fortes.

Belles épreuves, trois sont sur *papier de Chine.*

247. Sujets divers et Vignettes. — Vingt-trois pièces.

Belles épreuves, la plupart *avant la lettre.*

FORAIN (Jean-Louis).

248. *Album de Forain.* Paris, *H. S. Empis*, s. d.

Bel exemplaire, sur *papier de Chine*, numéroté n° 3, couverture.

FOULQUIER (Valentin).

249. Vignettes pour les *Lettres* de Mme de Sévigné (18 planches). — Œuvres de La Bruyère (18 pl.). — *Télémaque*, de Fénelon (27 pl., y compris des doubles). — *Oraisons funèbres*, de Bossuet (50 pl.).

En tout, quatre-vingt-treize vignettes. Belles épreuves *avant la lettre*, sur *papier de Chine.*

250. Vignettes pour les Œuvres de Molière, Racine, La Fontaine et Boileau.

Ensemble cent quarante-six vignettes. Belles épreuves *avant la lettre*, sur *papier de Chine.*

GARNEREY.

251. *Le petit Sancho, suite de 24 Proverbes mis en action.* — Paris, *Noel*, s. d. Suite de vingt-quatre lithographies.

Belles épreuves *coloriées*, avec la couverture de publication.

GARNEREY (Hippolyte).

252. La petite Ménagerie.

Dix-neuf planches, épreuves *coloriées.*

GAVARNI.

253. Gavarni, par lui-même, 1842 (M. et E. B. 34). Lithographie.

Belle épreuve du 2e état, sur *papier de Chine*, avec la dédicace manuscrite suivante : *A mon camarade H. Monnier, Gavarni.*

254. Mme la Duchesse d'Abrantès sur son lit de mort (M. et E. B. 3 RR.).

Belle épreuve du 2e état, sur *papier de Chine.*

255. Bourmancé, architecte (M. et E. B. 4 RRR).

Très belle épreuve sur *papier de Chine.*

256. Chandellier (Ch.), peintre et lithographe (M. et E. B. 17 RRR).

Très belle épreuve.

257. Goulet (Mme), (M. et E. B. 37 RRR). — Viefville (Mme de), (70 RRR). Deux pièces.

Très belles épreuves sur *papier de Chine.*

258. La Garrigue (Raymond), 1842 (M. et E. B. 43 RRR). — Lanoue (G. de), 1839 (44 RR). — Monnier Henry), 1840 (52), 2 épreuves. Quatre lithographies.

Très belles épreuves, trois sur *papier de Chine.*

259. Thénot, peintre de paysages, en pied (M. et E. B. 65 RR).

Très belle épreuve du 2e état, sur *papier de Chine.*

260. S. M. la Reine Victoria, 1855 (M. et E.B. 69 RR).

Très belle épreuve sur *papier de Chine.*

261. Œuvres diverses (M. et E. B. 92, 103, 113, 126, 144, 169, 181, 208, 289, 290, 297, 717, 878 à 880, 1444, 1520, 1690, 1912, 2014, 2015, 2196, etc.). Quarante-cinq lithographies.

Belles épreuves, quelques-unes avec *cache-lettres*, plusieurs sur papier de Chine. *Ce no pourra être divisé.*

262. Titres de *Morceaux de musique* (M. et E. B. 92, 93 à 96, 99, 100, 103 à 116, 118, 121, 125 à 130, 132 à 137, 139, 142, 145, 147, 151). Cinquante-huit pièces.

Belles épreuves, la plupart *avant la lettre* sur *papier de Chine*, plusieurs rares.
N. B. — Ce no pourra être divisé.

263. Les Femmes artistes, suite de quatre lithographies (M. et E. B. 209-212). Six pièces sur *papier de Chine.*

Belles épreuves de divers états, trois avec *cache-lettres.*

264. Fleur perdue, 1er et 2e états (M. et E. B. 208). — La Captive (222). — Frontispice des Enfants terribles (565). — Les Chevaliers de la Belle-Étoile (1564). — Il lui sera beaucoup pardonné... (1670). — Tireuse de Cartes (2014). — Les Toquades (2034, 2042, 2044 et 2046). — Marchand de Casseroles (2074). Quatorze lithographies.

Belles épreuves, la plupart sur *papier de Chine*, plusieurs *avant la lettre.*

265. Le Carnaval à Paris, pl. 15 et 20 (M. et E. B. 388 et 393). Deux lithographies.

Très belles et rares épreuves du 1er état, *avant la lettre*.

266. Les Débardeurs (M. et E. B. 486-542). Suite de soixante-six planches, incomplète des planches 25, 46, 47 et 48.

Épreuves *coloriées*, cartonnage de publication (cassé).

267. Les Étudiants de Paris, pl. 13, 17 et 30 (M. et E. B. 626, 630 et 643). Trois lithographies.

Belles et rares épreuves du 1er état, *avant la lettre*, sur *papier de Chine*.

268. Fourberies des Femmes, pl. 43 (M. et E. B. 696). — Impressions de Ménage, pl. 31 (734). — Paris le Matin, pl. 4, 6 et 7 (905, 907 et 908). — Paris le Soir, pl. 15 (926). Six lithographies.

Très belles épreuves du 1er état, *avant la lettre*.

269. Les Lorettes, pl. 47 et 48 (M. et E. B. 809 et 810). Deux lithographies.

Très belles épreuves sur papier de Chine, d'un *état non décrit*, intermédiaire entre le 1er et le 2e : elles sont *avant la légende*, mais avec les noms de Gavarni et de Bertauts. Rares.

270. La Politique, pl. 1 et 2 (M. et E. B. 1171-1172). — Les Rêves, pl. 5 (1202). Trois lithographies.

Très belles épreuves du 1er état, *avant la lettre*, deux sur *papier de Chine*.

271. Masques et Visages : les Anglais chez eux, pl. 11 (M. et E. B. 1249). Bohêmes, pl. 16 (1272). Études d'Androgynes, pl. 1 et 3 (1282 et 1284). Quatre lithographies.

Très belles épreuves du 1er état, *avant la lettre*, deux sur *papier de Chine*.

272. La Foire aux amours, pl. 1 et 6 (M. et E. B. 1292 et 1297). Deux lithographies.

Belles épreuves, la planche 1, du 1er état, *avant la lettre* ; la pl. 6, d'un *état non décrit*, sans légende et avec les mots : *Par Gavarni*.

273. Les Lorettes vieillies, pl. 18 (M. et E. et B. 1380).

Très belle épreuve du 1er état, *avant la lettre*, sur *papier de Chine*.

274. Les Toquades (M. et E. B. 2029-2048 RRR). Suite complète de vingt lithographies.

Très belles épreuves sur *papier de Chine*, dans la couverture de publication.

275. La Croix de Jésus (M. et E. B. 2066 RR).

Deux belles épreuves, une du 2e état avec la *gorge de la femme découverte*, tirée sur *papier de Chine*.

276. Le Diable à Paris, affiche (M. et E. B. 2072 RR).

Très belle épreuve du 1er état, *avant toutes lettres*.

277. Un Souper à la Maison d'Or (Après le Bal). Lithographie in-fol.

Belle épreuve, *coloriée*.

278. Au Bal de l'Opéra. Lithographie in-fol.

Belle épreuve sur *papier de Chine* (remontée).

279. Les petits Bonheurs, suite complète de huit pl. — Fashionables, les Mois, suite complète de douze pl. En tout, vingt lithographies.

Belles épreuves.

280. Vieux habits, vieux galons! très rare. — Scène de mœurs.

Dix-sept pièces, plusieurs *coloriées*.

GAVARNI (d'après).

281. L'Amateur de livres, par F. Courboin. — Vignettes pour Robinson Crusoé. — Scènes diverses, gravées sur bois, etc. Trente-cinq pièces par divers artistes.

Belles épreuves, la plupart *avant la lettre*.

282. Illustrations pour : Gil Blas. — Robinson. — Gulliver. — Les Mille et une Nuits. Ensemble, soixante-douze vignettes gravées par Outhwaite, Rouargue, Willmann et autres.

Très belles épreuves sur *papier de Chine*.

GAVARNI, PAUQUET, MONNIER, etc. (d'après).

283. Les Français peints par eux-mêmes.

Trente fumés, plusieurs avec la *signature manuscrite des artistes*.

GEOFFROY (Jean).

284. Au Cabaret. — Tête d'Enfant. Deux lithographies.

Très belles épreuves, la seconde imprimée *en couleur*.

GÉRARD-FONTALLARD (H.).

285. *Aujourd'hui, Journal des Ridicules.* Dix-huit lithographies.

Belles épreuves, *coloriées.*

286. Bluettes, pl. 1, 2, 6, 7 et 9 à 18. Quatorze lithographies.

Épreuves de marges différentes, onze sont *coloriées* et une est tirée sur papier bleu.

GÉRICAULT (par et d'après Th.).

287. *Études de Chevaux*, par Géricault, lithographies, extraites de diverses suites. — *Études de Chevaux*, 6 pl., sous couverture, par Jayler, d'après Géricault. Ensemble vingt-cinq lithographies, six sur *papier de Chine.*

GIACOMELLI (Hector).

288. Les Mois. — Compositions diverses.

Douze gravures sur bois, par F. Méaulle. Très belles épreuves d'artiste, tirées sur *papier de Chine.*

GIGOUX (Jean).

289. Mme Giraldon (H. B. 122). Lithographie petit in-fol.

Très belle épreuve sur *papier de Chine.* Rare.

GIRAUD (Ch.).

290. Portraits-charges ; Saint-Saens. — Lamoureux. — Taffanel. R. Wagner. — Reyer, etc. Vingt-trois pièces *coloriées, avant la lettre.*

GODEFROY (John).

291. Congé absolu, d'après Carle Vernet. Petit in-fol.

Deux belles épreuves, dont une *avant toutes lettres, non terminée.*

GRANDVILLE (J.-J. Isidore).

292. Grande Course au Clocher académique, pl. 1.

Belle et fort rare épreuve d'essai, *avant la lettre* et *avant divers changements;* en cet état la composition est plus grande.

293. Grande Course au Clocher académique. Cinq lithographies.

Belles épreuves, *coloriées*.

294. *L'homme, son esprit, ses goûts et ses habitudes jugées par son physique*. — Paris, *Aubert*, s. d. (1842). Suite complète de 1 frontispice et 24 lithographies à la plume, en un album, cartonnage de l'éditeur.

Bel exemplaire.

295. *Les Métamorphoses du jour*, 1829. Planches 1 à 44 inclus, soit quarante-quatre lithographies.

Très belles épreuves, *coloriées*.

296. *Types modernes*, 1835. — Paris, *Neuhaus*. Première livraison, contenant six lithographies.

Belles épreuves sur *papier de Chine*, avec la couverture de publication.

297. *Album Chaos*, couverture illustrée. — *Observations critiques*, sept lithographies in-fol. En tout huit pièces.

Belles épreuves sur chine, sauf la couverture, tirée sur *papier brun*.

298. Portraits de l'artiste. — L'Auberge des Adrets. — La Mode du Jour. — L'ordre public règne à Paris. — Galerie mythologique, etc.

Vingt-huit pièces. Belles épreuves.

299. En-tête de *La Caricature provisoire*, gravé en bois par *H. Porret*.

Deux belles épreuves tirées à part, une sur *papier de Chine volant*. Rares.

GRANDVILLE (J.-J.-I.) ET FOREST (EUGÈNE).

299 *bis*. *Ce n'est pas une Chambre, c'est un chenil*, pl. 89 de *La Caricature*.

Belle et très rare épreuve du 1er état, avec 10 *croquis* dans les marges.

GRASSET (EUGÈNE).

300. Calendrier de 1896. — Illustrations diverses. — Couvertures de livres. — Ameublements. — Sujets divers.

Environ cent dix pièces, la plupart tirées en chromolithographie et en épreuves d'essai, plusieurs très rares.

GREVEDON (HENRI).

301. La Duchesse de Berry, d'après Th. Laurence. Lithographie in-fol.

Belle épreuve *avant la lettre*, sur *papier de Chine*.

302. Leclercq (Th.). — Chenier. — Ladvocat. — Mlle Noblet. — Je pars. — Grisette. — Ketty. Huit lithographies.

Belles épreuves, deux sont *coloriées.*

GRÉVIN (A.).

303. Costumes de théâtre. — Affiches pour l'Almanach de Mathieu de la Drôme. — Scènes diverses. — Fantaisies, etc.

Deux cents pièces — y compris plusieurs *croquis originaux* — la plus grande partie en *épreuves d'artiste.*

303 *bis.* Scènes de Mœurs extraites du *Petit Journal pour Rire.*

Deux cent huit fumés, la plupart avec annotations manuscrites.

HADEN (Seymour).

304. Vue à Richmond, effet du matin (R. D. 21. 2e état).

Superbe épreuve.

HEIDBRINCK (Oswald).

305. *Eaux-fortes originales.* — Paris, *L. Joly.* Dix-huit pièces sous trois couvertures illustrées.

HERVIER (Adolphe).

306. *Croquis du voyage de 1843, gravés sur acier à l'eau-forte.* — Paris, *A. Febvre.* Suite complète de huit pièces.

Belles épreuves sur chine, dans la couverture de publication.

307. La même suite, en même état. Huit pièces; on y a joint trois pièces, Scènes d'intérieur. En tout, onze eaux-fortes et lithographie.

Belles épreuves.

308. *Six Eaux-fortes par Hervier,* Paris, *Ch. Delatre,* 1875. Suite complète.

Très belles épreuves sur *papier de Chine,* dans la couverture de publication.

309. Paysages. — Marines. — Scènes diverses. Suite complète de douze lithographies.

Belles épreuves sur *papier de Chine.*

HUET (Paul).

310. Paysages, 1829 (G. H. 5-17). Suite complète de douze lithographies, dans la couverture de publication.

Superbes épreuves du *premier tirage*, avec les adresses de Ch. Motte; elles sont sur *papier de Chine* et à toutes marges.

311. La même suite, incomplète de la pl. 11.

Très belles épreuves du 2e tirage, sur *papier de Chine*, dans la couverture de publication.

312. *Huit sujets de Paysage* (G. H. 18-26). Suite complète de un titre et huit lithographies.

Superbes épreuves *avant la lettre*, sur chine (sauf le titre), à toutes marges.

313. Vue générale d'Avignon, 1834 (H. B. 57). Eau-forte in-4.

Très belle épreuve sur *papier de Chine*, d'une pièce de la plus grande rareté.

314. *Six Eaux-fortes par P. Huet*, 1835 (H. B. 58-64). Couverture et six planches in-fol.

Très belles épreuves sur *papier de Chine*, à toutes marges, sauf la couverture.

315. Calme. — La Brise. — Saint-Valéry-sur-Somme. — Environs de Rouen. — Le Marais. Cinq lithographies.

Très belles épreuves, une sur *papier de Chine*.

316. Paysages. Dix lithographies.

Belles épreuves.

IBELS (J.-G.).

316 *bis*. Scènes de Mœurs. — Programmes. — Titres de musique.

Soixante-cinq pièces, la plupart en *épreuves d'artiste*, signées.

IBELS et LAUTREC.

317. *Le Café Concert*, texte de G. Montorgueil.

Bel exemplaire dans lequel on a intercalé quatre dessins d'Ibels, exécutés sur papier calque, relié demi-rel., coins.

IMAGERIE POPULAIRE

318. Images religieuses. — Chansons illustrées. — Scènes historiques. — Allégories.

Cent cinquante pièces, plusieurs fort curieuses.

ISABEY (Jean-Baptiste).

319. Caricatures, pl. 1, 2, 3, 5 et 9. (G. Hédiard). Cinq lithographies, rares.

Bonnes épreuves, quatre sont *coloriées*.

320. Portrait de jeune Femme, 1818. Lithographie.

Très belle épreuve tirée sur *teinte*. Rare.

ISABEY (Eugène).

321. *Six Marines dessinées sur pierre*, 1833. Suite complète de six lithographies petit in-fol., précédées d'une couverture illustrée.

Très belles épreuves du premier tirage, sur *papier de Chine* (piquées); la couverture est *avant la lettre*.

322. *Marines, dessinées sur pierre par Eug. Isabey.* — Paris, *Gihaut frères*, s. d.

Exemplaire broché, avec la couverture de publication, et contenant les dix lithographies suivantes: 1° Marine (sans titre). — 2° Vue de Caen. — 3° Vue de Rouen. — 4° Souvenir de Bretagne. — 5° Souvenir de Bretagne, autre motif. — 6° Environs de Dieppe. — 7° Retour au port. — 8° Souvenir de Saint-Valery-sur-Somme. — 9° Intérieur d'un port. — 10° Radoub d'une barque à marée basse.
Belles épreuves.

323. Marines. — Croquis. Dix-huit lithographies in-8 et in-4.

Belles épreuves, la plupart sur chine.

JACQUE (Charles).

324. La Truffière ou le Troupeau de porcs (G. 85). Eau-forte.

Belle épreuve avant l'adresse de Delatre, sur papier de Chine.

325. Vaches à l'abreuvoir (G. 97). Eau-forte in-4.

Très belle épreuve avant l'adresse de Delatre.

326. Six Sujets à l'eau-forte (G. 141-147). Suite de six pièces avec la couverture de publication.

Belles épreuves sur *papier de Chine*.

327. *Cinquante Eaux-fortes par Charles Jacque publiées de 1863 à 1865.*

Très belles épreuves, la plupart sur *papier de Chine*, un certain nombre *avant la lettre*, reliées en 2 vol., portant sur les titres en caractères typographiques la mention suivante: *Exemplaire de M. Jules Claye.*

328. Paysages et scènes rustiques.

Cent trente-cinq eaux-fortes, un certain nombre sur *papier de Chine.*

329. Vignettes pour les œuvres de Walter Scott, édition *Barba,* 1844, 52 pl. y compris des doubles. — Vignettes pour le *Jardin des Plantes*, édition *Curmer*, 1842, 4 pl. En tout cinquante-neuf eaux-fortes.

Belles épreuves.

330. *Militairiana.* — Paris, *Aubert*, s. d. Titre (par H. Valentin) et vingt planches en un album, cart. de l'éditeur.

Belles épreuves. *coloriées.*

JACQUE (Charles) et MARVY (Louis).

331. Album d'eaux-fortes, 1843. Dix-huit pièces dans le cartonnage de publication.

Belles épreuves, la plupart piquées.

JACQUE (d'après Charles).

332. Les Mois, gravés en bois par Adrien Lavieille. Suite de douze planches.

Deux exemplaires, un est tiré sur *papier de Chine fixé.* On y a joint des *Essais d'eau-forte,* par Léon Jacque. En tout cinquante pièces.

JACQUEMART (Jules).

333. La Canne de M. de Balzac. Eau-forte.

Belle épreuve d'artiste, sur *papier du Japon.*

334. *Vingt Eaux-fortes de J. Jacquemart. — Publication de la Gazette des Beaux-Arts.*

Recueil factice de vingt eaux-fortes: Bijoux et objets d'art. — Trépied de Gouthière. — Buste de Henri III, etc.
Très belles épreuves en 1 vol., cart. de publication.

JEUX (Estampes sur les).

335. *Jeu des Cosaques*, publié à La Haye par F.-J. Weygand. In-fol.

Très belle épreuve. Très rare.

336. *Jeu des Omnibus et des Dames blanches.* In-fol.

Très belle épreuve. *coloriée.* Très rare.

337. *Jeu de l'Amour et de l'Hyménée.* — *Les Étrennes de la Jeunesse ou le petit Jeu d'Amour.* Deux pièces in-fol.

Très belles épreuves, *coloriées.*

338. *Jeu de l'Oie*, 2 pl. diff. — *Jeu du Nain jaune.* — *Les Étrennes de la Jeunesse ou le Petit Jeu d'Amour.* Quatre pièces.

Belles épreuves, *coloriées.*

339. *Nouvel abécédaire.* — Jeu des Drapeaux. — *Nouveau Jeu de Méduse.* — Nouvelles Caricatures des Acteurs de l'Ambigu comique.

Cinq pièces. Belles épreuves.

340. Jeu des Fables d'Ésope. — Jeux étrangers. — *Nouvel Eteila ou le petit Nécromancien.* — Jeu-alphabet avec portraits de généraux et scènes de batailles du 1er Empire. — Jeu des Contes de La Fontaine. Six pièces.

Belles épreuves.

341. Jeu des Monuments de Paris. — Jeu de l'Amour et de l'Hyménée. — Jeu de Nain jaune, etc.

JOHANNOT (Alfred et Tony).

342. Une Scène de 93. — La Morgue. — Desdémone. — Le retour du Bal. — Les derniers Moments. — Vignettes, etc. Quarante-quatre eaux-fortes et lithographies.

Belles épreuves, plusieurs *avant la lettre*, sur *papier de Chine.*

343. Vignettes diverses pour le *Dernier roi des Ribauds, L'Écolier de Cluny, Don Quichotte, La Salamandre*, etc.

Vingt-quatre pièces gravées en bois par Porret, Cherrier, etc., la plupart en *épreuves tirées à part* sur *papier de Chine volant.*

344. Vignettes de chapitres pour les *Œuvres de Sir Walter Scott.* Suite complète de quatre-vingt-quatre pièces pour l'édition de *Ch. Gosselin*, 1828.

Belles épreuves *avant la lettre*, sur *papier de Chine volant.*

345. En-têtes du *Charivari* et de l'Europe littéraire. Deux pièces gravées par Cherrier et Porret.

Très belles épreuves de *tirage à part*, la première sur papier de Chine volant, la seconde tirée sur satin, et avant le titre du journal.

J. S.

346. Esméralda donnant à boire à Quasimodo, sur le bûcher. Lithographie in-fol.

Deux épreuves, une est *coloriée.*

LALANNE (Maxime).

347. Souvenirs du Siège de Paris, 1870. Huit eaux-fortes.

Belles épreuves sur japon mince.

LALAUZE (Adolphe).

348. La Convalescente, d'apr. Bida. — Entrée de Charles-Quint à Anvers, d'apr. Mackart. — Portraits d'Écrivains français : Crébillon fils, Moncrif, Bertin, Duclos, Comte de Caylus, etc. Seize eaux-fortes.

Très belles épreuves d'artiste, une tirée sur *parchemin* et *signée.*

LAMI (Eugène).

349. *Les Contretems*, 1823-1824 (H. B. 196-219). Suite complète de vingt-quatre lithographies.

Belles épreuves *coloriées*, dans le cartonnage de l'éditeur.

350. La Vie de château, 1828 (H. B., 278-288). Suite complète de 10 planches (manque le titre).

Belles épreuves *coloriées*, dans le cartonnage de publication.

351. Scènes tirées de Lord Byron. — Souvenirs des journées de Juillet 1830. — Sujets divers. Vingt et une lithographies.

Belles épreuves, plusieurs sur papier de Chine.

LANÇON (Auguste).

351 *bis*. Les Trappistes. — Paris, *A. Quantin*, 1883. Suite de dix eaux-fortes dans le cartonnage de publication.

Très bel exemplaire, numéroté (n° 156).

LAUTREC (Henri de Toulouse).

352. Amazone.

Lithographie fort rare tirée à quelques exemplaires seulement.

353. Sujets divers.

Deux lithographies. Belles épreuves, timbrées et numérotées.

LECOMTE (Hippolyte).

354. Sujets de genre. — Études de Chevaux. Trente lithographies à plusieurs sujets à la feuille.

Très belles épreuves.

LÉLEUX (Adolphe).

355. Scènes Bretonnes. — Paysages. — Vignettes. — Sujets divers. — Portraits.

Cent huit gravures, dessins et photographies réunis en 1 vol. in-fol., cart.

LEMERCIER (Charles).

356. Convoi funèbre des Victimes de l'attentat du 28 juillet 1835. Huit planches jointes dans le cartonnage de publication.

Bel exemplaire. Rare.

LEMUD (Aimé de).

357. Le Retour en France, 1841 (A. Bouvenne, 16). Lithographie in-fol.

Belle épreuve sur *papier de Chine.*

358. Maître Wolframb. — Adèle Adelsfreit. — Enfance de Callot. — Le Vin. Quatre lithographies in-fol.

Belles épreuves sur *papier de Chine*, une *avant la lettre.*

359. Les Maraudeurs. — Les Dénicheurs. — Enfance de Callot. — Hélène Adelsfreit. — Matthieu Lænsberg. — Hoffman. Huit lithographies.

LEPÈRE (Auguste).

360. Le petit Marché aux Pommes, à Paris.

Eau-forte. Deux très belles épreuves d'états différents.

LE POITTEVIN (Eugène).

361. *Six petits Dessins variés.* — Paris, *Aumont*, s. d. Suite complète de six lithographies.

Très belles épreuves dans la couverture de publication.

362. *Les Diables de Lithographies*. Couverture illustrée et pl. 1 à 6 et 9 à 12, soit en tout onze lithographies.

Belles épreuves, six sont sur *papier de Chine* (piquées).

363. *Ombres Fantastiques*. — Paris, *Aumont*, s. d. Suite de douze lithographies in-fol., avec couverture illustrée.

Belles épreuves.

364. Diableries, pl. 1 à 13 inclus. — Petits sujets de Diables, pl. 26. Quatorze lithographies in-fol., en cahier.

Belles épreuves.

365. Marines. — Croquis divers. Quinze lithographies.

Belles épreuves.

LE POITTEVIN (Eugène) et RAMELET (Charles).

366. Diableries. — Petits sujets de Diables. — Rêveries diaboliques. Souvenirs patriotiques. — Ombres fantastiques, couverture. Onze lithographies.

Belles épreuves.

LE PRINCE (Xavier).

367. Les Parades, suite complète de douze lithographies anonymes.

Belles épreuves, *coloriées*. Rare.

368. *Inconvéniens d'un Voyage en diligence, douze tableaux lithographiés par M. Xavier Leprince*. — Paris, *Gihaut*, 1826. Suite complète de douze planches, avec la couverture de publication, en 1 vol., demi-rel. mar. rouge.

Belles épreuves *coloriées* (déchirures à six planches).

369. La même suite, incomplète des pl. 4 et 5, soit dix pièces.

Épreuves *coloriées*.

LESSORRE et WYLD.

370. *Voyage pittoresque dans la Régence d'Alger*, 1835. Suite complète de cinquante lithographies dans la couverture de publication, avec texte explicatif.

L'ESTAMPE MURALE

BESNARD (Albert).

371. Baigneuses. Lithographie grand in-fol.

Deux belles épreuves.

DUEZ, LUNOIS, OLIVIER-MERSON, etc.

372. Sujets religieux. — Scènes diverses. Vingt-quatre lithographies, par *Duez, Rochegrosse, Lunois, Ogé, M. Leloir, Olivier-Merson*, etc.

Belles épreuves.

GRASSET, RAFFAELLI.

373. Jeanne d'Arc. — Le vieux Chiffonnier.

Quatre lithographies. Belles épreuves.

STEINLEN.

374. Les trois Coqs. Lithographie grand in-fol.

Trois belles épreuves, une tirée en *sanguine*.

WILLETTE.

375. Lithographie grand in-fol.

Deux belles épreuves, sur papier différent.

LITHOGRAPHIES.

376. L'Adoration des Bergers. — Caresse. — Baigneuse. — Étude de Fillette. Quatre lithographies par Dagnan-Bouveret, E. Dinet, Blanche et Léandre.

Très belles épreuves, une *d'essai*, deux autres *signées*.

377. Scènes de genre. — Allégories. — Portraits. Huit lithographies, par Maxime de Thoma, Lehautre, Ranson, J.-P. Laurens, Lebel, etc.

Belles épreuves, la plupart *signées*.

378. *Souvenirs des Armées Françaises.* — Proverbes en Actions. — Janvier 1830... — La Variété... — Les Contrastes. — Souvenirs pour 1830, etc.

Huit couvertures illustrées par Pruche, V. Adam, Roqueplan, Léon Noel, etc. Belles épreuves.

379. Sujets divers et Paysages. Soixante-dix pièces par C. Vernet, Bellangé, Decamps, Sirouy, etc.

LORENTZ (A.-J.).

380. Physionomie de la Garde Impériale. — Types de la Bourse. — Le Colosse du Nord. — Revue des Ombres. — Économie de Fiacre. — Allégories, etc. Vingt-six pièces y compris trois dessins.

LUCE.

381. Études d'après nature.

Vingt-deux lithographies. Belles épreuves, *signées.*

MARCELIN.

382. Sujets divers extraits de la *Vie Parisienne*, Les *Romans populaires*, Le *Tabac et les Fumeurs*, etc.

Environ deux cent cinquante planches en *épreuves d'essai*, un certain nombre avec *annotations manuscrites.*

MARTIAL ET **DE MARE.**

383. *Contes de La Fontaine*, suite complète de 21 planches, d'après Fragonard et Touzé (3 suites — 1er, 2e et 3e états). *Figures des Contes de La Fontaine*, suite complète de cinquante-sept planches, d'après Fragonard. Ensemble cent vingt planches *avant la lettre*, dans leurs couvertures de publication.

MARTINET (A Paris, chez).

384. Les Scènes du Jour. Comédie perpétuelle. — L'Étudiant et la Grisette. — Le Suprême Bon Ton. — Scènes de mœurs, etc.

Douze pièces par divers artistes. Belles épreuves, plusieurs coloriées.

MENUS.

384 *bis*. Menus. La Marmite, les Éclectiques, Les Rieuses, les Sept, Prix de Rome, le Grelot, Dentu, etc.

Deux mille sept cents pièces par Willette, Detaille, H. Pille, Boutet, Lebègue, Morin, Rœdel et autres.

MÉRYON (Charles).

385. San Francisco, vue panoramique, 1855 (H. B. 22). Eau-forte grand in-fol.

Très belle épreuve à toutes marges.

MONNIER (Henry).

386. *Boutades*. — Paris, *Delpech*, 1830. Suite de six lithographies à la plume (manque le titre).

Très belles épreuves en 1 album cart.

387. Chansons de Béranger : L'Hiver. — Les Cartes. — Mon habit. — Le vieux Sergent. — Le Bon Vieillard. — L'Exilé. — Ce n'est plus Lisette. — Les petits Coups. — Bon vin et Fillette. — Le petit Homme gris. — Le Sénateur. Onze lithographies in-4.

Belles épreuves, *coloriées*.

388. *Distractions, par Henry Monnier, to is friend George Cruishank*. — Paris, *Paulin*, 1832.

Suite complète de 1 frontispice et 6 planches, avec la couverture dans le cartonnage de publication; on y a joint une planche: *Distractions*, sans n°, et qui n'a pas paru avec l'Album.
Belles épreuves, *coloriées*.

389. *Esquisses Parisiennes*, 1827. — Paris, *Delpech*. Titre et planches 1 à 5.

Belles épreuves, *coloriées* (sauf le titre), en 1 album, demi-rel. mar. rouge.

390. *Les Grisettes, dessinées d'après nature*. — Paris, *H. Gaugain*. Première livraison contenant douze planches dans la couverture de publication.

Belles épreuves, *coloriées*, à toutes marges.

391. *Jadis et Aujourd'hui*, 1829. — Suite de un titre et dix-huit lithographies (incomplète du titre et de trois planches). Quinze pièces.

Belles épreuves, en noir.

392. *Paris vivant.* — Paris, *Bernard et Delarue*, s. d. — Titre couverture et dix planches (sur 20).

Belles épreuves, *coloriées*, la couverture déchirée.

393. **Rencontres Parisiennes,** *macédoine pittoresque.* Douze lithographies (d'une suite de 40 pl.).

Belles épreuves, renfermées sous deux couvertures de publication.

394. *Six Quartiers de Paris*, 1828. Suite complète de six lithographies.

Belles épreuves en noir légèrement piquées.

395. Acteurs et actrices dans divers rôles. — Titres de Romances. Dix-neuf lithographies. Belles épreuves, sept sont *coloriées.*

396. Récréations. — Londres. — Chansons de Béranger (réimpressions), etc. Cinquante pièces.

MONNIER (d'après HENRY).

397. Affiche pour *Paris ou le Livre des Cent et Un*, gravée en bois par H. PORRET. In-fol.

Très belle épreuve. Rare.

398. *La Morale en action des Fables de La Fontaine.* Suite de seize pièces gravées en bois par THOMPSON, 1828.

Très belles épreuves du *1er tirage* (1828), dans la couverture de publication.

MORIN (EDMOND).

399. Cantique de Noël. — Frontispice pour *Paul et Virginie.* — L'Averse sur le Boulevard, deux pl. différentes. — Jeune Femme descendant un escalier. — Le Château de La Chapelle-en-Serval. Huit eaux-fortes.

Belles épreuves.

400. *Don Quichotte en Images.* — Paris, *Aubert*, s. d. Album in-8 obl., cart. de l'éditeur, contenant un frontispice et trente-six lithographies exécutées par EDM. MORIN.

Bel exemplaire. Rare.

401. *Voyages de Gulliver.* — Paris, *Aubert*, s. d. Album in-8 obl., composé d'un titre et de 30 lithographies.

Deux exemplaires dans leur cartonnage de publication, l'un a les épreuves *coloriées.*

402. *Aventures d'un Petit Parisien*, par Alfred de Bréhat. Recueil factice de cinquante et une gravures en bois, d'après les dessins d'Edm. Morin, par Joliet, Lambert Crepeaux, etc.

Très belles épreuves, tirées à part sur *chine volant*, montées sur papier fort et reliées en 1 vol., demi-rel., coins.

402 *bis*. Eaux-fortes pour les Magasins du Louvre. — Sujets divers extraits du *Monde Illustré* et de Romans.

Quarante pièces, y compris trente-six *fumés*.

MORT (Estampes sur la).

403. Billets de faire-part des XVIIIe et XIXe siècles. Quarante pièces.

MUCHA.

404. Affiches. — Couvertures. — Programmes. — Calendriers. — Menus. Quatre-vingts pièces, la plupart en *épreuves d'essai*.

NADAR.

404 *bis*. *Panthéon Nadar*. Lithographie grand in-fol., contenant la charge de deux cent soixante-dix écrivains, artistes, hommes politiques et journalistes.

Belle épreuve. Rare.

NANTEUIL (Célestin).

405. Frontispice pour *Rhapsodies*, par Pétrus Borel, 1833 (H. B. 7). Eau-forte in-12.

Très belle épreuve. Rare.

405 *bis*. Frontispice pour les *Jeunes-France*, par Th. Gautier, 1833 (H. B. 8). Eau-forte.

Belle épreuve.

406. Frontispice pour *Feu et Flamme*, par Philotée O'Neddy (Dondey-Dupré), 1833 (H. B. 12). Eau-forte.

Très belle épreuve sur *papier de Chine*.

407. Décors pour le Bal d'Alexandre Dumas, 1833 (H. B. 20). Eau-forte.

Très belle épreuve sur *papier de Chine*.

408. Frontispice pour *Angèle*, par Alex. Dumas, 1834 (H. B. 22). — Frontispice, 1834 (24). — Frontispices pour les *Étrennes pittoresques*, 1835 (26).

Trois eaux-fortes.

409. *Drames*, d'Alexandre Dumas, frontispice, 1833 (H. B. 23). Eau-forte in-8.

Très belle épreuve sur *papier de Chine*, imprimée en *deux tons*.

410. La Jolie Fille de la Garde, 1836 (H. B. 30). Eau-forte grand in-fol.

Belle épreuve (restaurée). Rare.

411. Frontispice pour les *Impressions de voyage*, d'Alexandre Dumas. 1837 (H. B. 31). Eau-forte.

Belle épreuve.

412. Victor Hugo. — Notre-Dame de Paris. — Bug-Jargal. — Le Dernier jour d'un Condamné. Suite complète de quatre eaux-fortes pour l'édition publiée par Eugène Renduel.

Très belles épreuves, les deux dernières sur *papier de Chine*.

413. Les Noces de Gamache, 1835. Eau-forte grand in-4.

Très belle épreuve. Rare.

414. Frontispice pour le **Monde dramatique**, tome Ier, 1835. Eau-forte.

Deux très belles épreuves, dont une fort rare du 1er état, *avant la lettre* et *avant divers travaux*.

415. *Fête de nuit du 14 janvier* 1835 (Théâtre royal de l'Opéra-Comique) (H. B. 27). — *Don Juan de Marana* (48). Trois eaux-fortes.

Très belles épreuves dont une *avant la lettre* (*Fête de nuit*). Rare.

416. Frontispice, 1836 (H. B. 29). Eau-forte grand in-4.

Très belle épreuve sur *papier de Chine*, d'une pièce fort rare.

417. Frontispice pour *l'Artiste*, 1837 (H. B. 33). — La Vierge et l'Enfant Jésus, 1838, *rare*. — Le Christ guérissant les Malades (63). — Soldats jouant aux dés (73). — Le Voleur de la Montagne (75). — Le Monde Dramatique, 2 titres lithographiés. Jeu de cartes fantaisiste. — La Rue de la Vieille-Lanterne, etc. Vingt pièces, eaux-fortes et lithographies, plusieurs rares.

Belles épreuves, quelques-unes en épreuves *avant la lettre*.

418. Jeune femme pendue (La Esméralda?) (H. B. 35). — Manon Lescaut? — Un Religieux. Trois petites eaux-fortes *inédites*, très rares.

Belles épreuves.

419. Mort d'un Religieux (H. B. 34). — Fuite en Égypte (42). — Le Christ guérissant les malades (63). Quatre eaux-fortes, y compris un double.

Belles épreuves, trois sur *papier de Chine.*

420. La Bédouine à la fontaine. — Mort de la Bédouine, deux vignettes pour *La Bédouine*, de Poujoulat, 1835 (H. B. 43). — Clara y Alberto. — Dina la belle Juive, 1833. — Amoroso (64). — Anne de Boleyn. — Hamlet, d'après Delacroix (56).

Sept eaux-fortes, une sur *papier de Chine.*

421. Rabelais, d'après Delacroix (H. B. 51). — Frédéric Soulié (59). — Petrus Borel (61). Quatre pièces.

Belles épreuves, deux sur *papier de Chine.*

422. La Statue exécutée par Mélingue dans Benvenuto Cellini, au théâtre de la Porte-Saint-Martin. Lithographie in-fol.

Belle épreuve sur *papier de chine.*

423. Don César de Bazan, affiche.

Superbe épreuve *avant la lettre*, sur *papier de Chine*. Très rare.

424. La Sainte Bible. Quarante-sept lithographies.

Très belles épreuves *avant la lettre*, sur *papier de Chine.*

425. Entourages pour l'Ouvrage du Bon Taylor. Vingt-huit lithographies in-fol.

Belles épreuves, dont seize *avant la lettre*, plusieurs sur *papier de Chine.*

426. Sujets divers. — Titres de Romances. — Vignettes, etc. Trente-cinq lithographies et eaux-fortes.

427. Titres de Romances. — Sujets divers. — Reproductions de tableaux. — Illustrations pour la Bible, Don Quichotte, etc. Ensemble, cent soixante pièces.

428. Frontispices pour Notre-Dame de Paris, Bug-Jargal, Venezia la Bella, La Cape et l'Épée, etc. — Vignettes pour le Monde Dramatique. — La Cour des Miracles. — Illustrations de la Bible. — Titres de Romances, etc. Ensemble, neuf cent soixante-quinze lithographies montées en sept albums.

429. **Titres de Romances.**

Curieuse et importante réunion de douze cents pièces, un certain nombre avant la lettre, sur papier de Chine, plusieurs en *épreuves d'essai*, et enfin la plupart de celles appartenant à la *période romantique.*

4

NEUVILLE (d'après A. de).

430. En Campagne. Vingt photogravures.

Belles épreuves.

NOEL (Léon).

431. Le Comte de Paris enfant, d'après Wintherhalter. — Promenade à Montmorency. — La Conversation. Cinq lithographies.

Belles épreuves, dont deux *avant la lettre*, une avec des *croquis* en marges.

NUMA.

432. Galop monstre exécuté à l'Opéra de Venise, en 1833. Lithographie grand in-fol.

Belle épreuve (petites déchirures).

ORLÉANS (Ferdinand, duc d').

433. Feuilles de croquis. — Vues de Staffa. — Marine. — Gulliver endormi chez les Lilliputiens (H. B. 7-13). Sept lithographies en un album cart.

Très belles épreuves sur *papier de Chine*.

OUDART (Félix).

434. Fantaisies japonaises.

Trente-quatre eaux-fortes, y compris plusieurs *épreuves d'état*, tirées en *plusieurs couleurs*; on y a joint six dessins originaux. En tout, quarante pièces.

OZANNE et GUÉROULT.

435. *Cahier de Manœuvres de divers petits Bâtimens, par Ozanne*, 12 pl. — *Les différens Bâtimens de la Mer Oceanne*, par Guéroult, 28 pl. — *Mélanges de Vaisseaux, de Barques et de Bateaux*, par P. Ozanne, 42 pl. En tout, quatre-vingt-deux planches en 3 recueils in-8.

PARIS ET AUX ENVIRONS (Estampes relatives à).

436. Porte Saint-Martin. — Saint-Eustache. — Halle au Bled. — Fontaine des Innocents, etc. Dix petites pièces rondes, par *Janinet, Le Campion et Guyot, imprimées en couleurs.*

437. Jardin Beaujon, par *Caroline Naudet*, 1817. — Saut du Niagara, folie du Jour au jardin Ruggiery, rue Saint-Lazare. Quatre pièces.

Belles épreuves, deux sont *coloriées*.

438. Les Boulevards de Paris, publiés par l'*Illustration*, 1846, en un album, cartonnage d'édition. Rare.

439. Barrières de Paris. Quarante-cinq pièces par *Gaitte*, *Demonchy*, *Schwartz*, *Arnout*, etc.

Belles épreuves.

440. Vues diverses. Vingt-six pièces, la plupart gravées par Heath, Allen et autres, d'après Eug. Lami, *épreuves avant la lettre*.

441. *Vues pittoresques des Environs de Paris, dessinées d'après nature et lithographiées par MM. L. Tirpenne et Monthelier, et ornées de figures par Victor Adam.* — Paris, *Chaillou-Potrelle*, s. d. Suite de trente lithographies (manque les pl. 7, 11, 17, 20, 21, 24, 26 et 27), soit vingt-deux pièces dans la couverture de publication.

Belles épreuves.

442. La Rue de la Tonnellerie aux Halles, par *Martial*. Eau-forte grand in-fol. Belle et rare épreuve *avant la lettre* et *avant que le cuivre n'ait été coupé en deux*.

PHILIPON (Charles).

443. *Nouvelles cartes illustrées, chez Ch. Philipon, rue Bergère.*

Soixante-quinze pièces. Belles épreuves.

PIÈCES HISTORIQUES.

444. Scènes relatives à la Révolution Française et au 1er Empire.

Quinze pièces, la plupart par *Duplessis-Bertaux*, à *l'état d'eau-forte pure*. Belles épreuves.

444 *bis*. Vignettes de la Révolution, de Prudhomme. — Vignettes d'après Scheffer, Johannot, etc. — Portraits par L. Flameng.

Ensemble, trois cent vingt-cinq pièces.

445. Scènes relatives aux Journées de Juillet 1830.

Dix-sept lithographies par C. Roqueplan, Neureuther, Levilly, etc. Belles épreuves.

446. Scènes épisodiques relatives aux événements de Juillet 1830. Cinquante-quatre lithographies par *V. Adam, A. Menut, Bouchot, A. Prevost, J. David, Goblain* et autres.

Belles épreuves.

447. Batailles. — Scènes historiques. — Allégories, etc.

Soixante-cinq pièces, la plupart relatives à la Révolution de 1830.

PIGAL (Edme-Jean).

448. *Vie d'un Gamin.* Suite complète de douze lithographies.

Belles épreuves.

PILOTELL.

449. ...! par Pilotell (charges de J. Janin, Gautier, de Goncourt, etc., contemplés par Victor Hugo), 2 décembre 1868. Lithographies in-fol.

Belle épreuve. Très rare.

449 *bis.* *Avant, Pendant et Après la Commune.* — Londres, *Delatre.* Titre et vingt eaux-fortes in-8.

Belles épreuves sur *papier du Japon.*

POMPADOUR (Antoinette Poisson, marquise de).

450. L'Amour couronnant Vénus. — L'Aurore, 1752. Deux eaux-fortes in-8.

Très belles épreuves à grandes marges.

PORTRAITS.

451. Marie d'Orléans. — Meissonier. — Les Johannot. — Gaillard. — Bocage. — Frédérick Lemaître. — F. Masini. — Champfleury. — Dantan jeune, etc., Trente-trois pièces par *Julien, Baugniet, Jeanron, Gigoux*, etc.

452. Écrivains. — Hommes politiques, etc.

Trente-sept portraits, la plupart *avant la lettre* ou non terminés.

453. **Écrivains romantiques et contemporains** : Balzac. — Béranger. — Gautier (Th.). — Musset. — G. Sand. — Alph. Karr. — Lamartine. — Richepin, etc. Quarante-quatre portraits gravés ou lithographiés.

Belles épreuves, un certain nombre *avant la lettre.*

454. Littérateurs anciens et modernes. Quarante-huit portraits par divers artistes, un certain nombre *avant la lettre* ou en *épreuves d'état*.

454 *bis*. Écrivains anciens et modernes. — Artistes. Cent pièces par *Nargeot, Boilvin, Lalauze, Varin,* etc., propres à l'illustration.

Belles épreuves à *l'état d'eau-forte pure ou avant la lettre.*

PROGRAMMES.

455. Théâtres, cafés-concerts, soirées particulières, cercles, etc., illustrés par Willette, Forain, Abbema, Detaille, Lepic, Gray, Régamey, etc.

Deux mille cent pièces.

PRUD'HON (d'après P.-P.).

456. Le premier Baiser de l'Amour, par Copia (E. de G.). In-8.

Superbe épreuve du 2ᵉ état, *avant la lettre*, les noms des artistes tracés à la pointe, *imprimée en bistre.*

457. Vignette pour Daphnis et Chloé. — Vignette pour l'Aminte. Deux pièces in-8, gravées par B. Roger.

Très belles épreuves, la première avec les noms des artistes tracés à la pointe.

RAFFET (Auguste-Denis-Marie).

458. Mme Laure Raffet, 1860 (H. G. 37 RRR).

Très belle épreuve d'une lithographie tirée à très petit nombre.

459. Auguste Raffet, fils de l'artiste (H. G. 38 RRR et 39 RRR). Deux lithographies tirées à quelques épreuves seulement.

Très belles épreuves sur *papier de Chine.*

460. Eugène Bry (H. G. 40 RRR). Dernière lithographie de Raffet.

Très belle épreuve tirée sur *double chine.* Collection Mène.

461. Combat d'Oued-Alleg, 1840 (H. G. 82). Lithographie in-fol.

Belle épreuve du 2ᵉ état (seul décrit), avec l'adresse de la *rue Favart.*

462. Le Réveil, 1848 (H. G. 85).

Très belle épreuve sur *papier de Chine.*

463. Colporteurs des Papiers Weynen (H. G. 95 *bis* R). — Jacki (96 R). — Vignette pour l'*Imprimeur lithographe*, d'Aug. Bry (97 R). — La Société des Frileux (98). — Titre pour les : *Illustrations de l'Armée Française*... (99). Six lithographies.

Belles épreuves, une sur *papier de Chine*.

464. 28 juillet 1835 (H. G. 79). Lithographie.

Belle épreuve.

465. *Napoléon en Égypte*, affiche pour le Poëme de Barthélemy et Méry (H. G. 119 R).

Très belle épreuve du 1er état, *avant la lettre*, toutes marges.

466. *Napoléon* affiche pour l'*Histoire de Napoléon*, par Norvins (H. G. 122 R).

Belle épreuve du 2e état, *coloriée*.

467. La Revue nocturne, 1836 (H. G. 429).

Belle épreuve sur *papier de Chine*, sans marges.

468. Cinq mai ! — Le Défilé nocturne. — Le Cri de Waterloo (H. G. 780-782). Trois lithographies par Émile Bry.

Belles épreuves sur *papier de Chine*.

469. Sujets militaires. — Scènes de genre. — Costumes militaires. Vingt-trois lithographies et une eau-forte.

Bonnes épreuves.

RAFFET (d'après A.-D.-M.).

470. Vignettes pour les *Portes de Fer*. Cinquante-trois pièces gravées en bois par H. Lavoignat, Pisan, Hebert, Montigneul, d'après Raffet, Dauzats et Decamps.

Belles *épreuves d'essai* sur *chine volant*, plusieurs avec *annotations manuscrites*.

471. Portrait de Paul de Kock et vignettes pour ses œuvres.

Trente-huit pièces. Très belles épreuves, la plupart *avant la lettre*, sur *papier de Chine*.

RASSENFOSSE (A.).

472. Partie de l'œuvre de Rassenfosse : Allégories. — Scènes de genre. — Études des Filles. — Croquis divers.

Soixante-quatre pièces, plusieurs doubles en *épreuves d'essai*, quelques-unes très rares. Belles épreuves.

ROCHE (Pierre).

473. Venise. — Méditerranée. — Portail d'église. — Syrène. Quatre **gypsographies en couleurs.**

Très belles épreuves *signées* et *numérotées.*

ROEDEL (Auguste).

473 *bis.* Compositions diverses. — Titres de romances. — Menus. — Programmes, etc.

Deux cent vingt lithographies, la plupart en *épreuve d'artiste* ou en plusieurs tirages différents.

ROPS (Félicien).

474. Les Diaboliques, de Barbey d'Aurevilly. Suite complète de un portrait (par Rajon), et de neuf vignettes.

Belles épreuves *avant la lettre.*

474 *bis.* Essuie-mains, réactifs belges. La Chrysalide, état avec la faute. Frontispice pour A. de Musset. Ex-libris Jean de Tinan.

Quatre pièces. Belles épreuves.

475. Mon Grand-Oncle (E. R. 122). — Indolence.

Deux pièces. Très belles épreuves tirées sur *papier ancien.*

ROUSSEAU (Théodore).

476. Chênes de Roche. 1861 (H. B. 4). Eau-forte in-4.

Très belle épreuve du 2e état, avant la publication dans la *Gazette des Beaux-Arts,* tirée sur *papier ancien.*

477. La même estampe.

Très belle épreuve du même état, tirée sur *papier de Chine.*

ROWLANDSON.

478. *Death and Bonaparte.* — *Deadly Lively.* — *How came you so!* — *Snips.* — *An Author & Bookseller.*

Cinq pièces *coloriées.*

SAINT-EVRE (G.).

479. Scène de Quentin Durward ?, 1828. Lithographie.

Belle épreuve sur *papier de Chine.* Très rare.

480. Scène de Henri III et sa Cour, 1829. Lithographie.

Très belle épreuve sur *papier de Chine*, avec *envoi autographe de l'artiste à Alexandre Dumas père*. Très rare.

SEM.

481. Albums de Sem. — Le Turf.

Cinq recueils brochés ou dans le cartonnage de publication.

SOCIÉTÉ DES AQUA-FORTISTES BELGES.

482. *Album d'Eaux-fortes originales et inédites*, publiées sous la direction artistique de Félicien Rops, par la *Société internationale des Aqua-Fortistes* (1re année, seule parue). — Bruxelles, *Félix Callewaert*, 1875. 1 vol. in-fol., demi-rel., coins, contenant 102 planches par F. Rops, Bracquemond, Israels, etc., plusieurs imprimées à deux ou trois sur la même feuille.

Bel exemplaire, léger grattage sur l'un des deux titres.

SOCIÉTÉ DES ÉCLECTIQUES.

483. Société des Éclectiques, albums, portraits de membres de la Société : R. Piguet, A. Bouvenne, Regamey, Alexis Martin, etc. Menus. Ensemble, deux cents pièces gravées par divers artistes.

Belles épreuves.

SOMM (Henry).

483 *bis*. Scènes parisiennes. Soixante-trois pièces en divers états, un certain nombre sur papier du Japon.

Belles épreuves.

STEINLEN (R.-A.).

484. Filles et Souteneurs.

Eau-forte. Très belle épreuve sur *papier du Japon, imprimée en couleurs*.

484 *bis*. Titres de romances. — Compositions pour le *Chat noir*, le *Mirliton*, le *Gueux*, la *Caricature*.

Deux cent cinquante pièces, *épreuves d'essai* pour la plupart.

TAIÉE (A.) ET TRIMOLET FILS.

485. Vues de Paris et de France. — Paysages. Cinquante eaux-fortes.

Belles épreuves, la plupart en 1er état.

THÉATRE (Estampes relatives au).

486. Affiches de représentations théâtrales du début du XIXe siècle. — Vues de Théâtres. — Scènes du Mariage de Figaro, par Caroline Naudet.

Vingt-neuf pièces anciennes et modernes.

486 *bis*. Scènes de comédie. — Drames. — Portraits d'acteurs et d'actrices. Soixante-cinq pièces par divers artistes.

486 *ter*. Acteurs dans divers rôles. — Charges d'acteurs, de directeurs de théâtre et de musiciens. Soixante-cinq pièces.

TITRES DE ROMANCES.

487. Titres de romances, par ARAGO, BELLANGÉ, BOUCHOT, DEVÉRIA, CÉLESTIN, NANTEUIL, J. DAVID, GIGOUX, V. ADAM, EUG. FOREST, GRANDVILLE, GRENIER, TONY JOHANNOT, LEROUX, MOUILLERON, RIBOT, etc.

Réunion importante de trois cent quatre-vingt-cinq lithographies. Belles épreuves, plusieurs *avant la lettre*.

TOPFFER (RODOLPHE).

488. Caricatures et Paysages inédits, reproduits par l'héliogravure. — Paris, *Fischbacher*, 1884. Vingt-sept planches dans le cartonnage de publication.

Très bel exemplaire sur *papier de Chine*, numéroté (nº 135).

TRAVIÈS (CHARLES-JOSEPH).

489. Portrait de Traviès, par GABRIEL LAVIRON, 1831.

Lithographie rare. Belle épreuve.

490. *Album Traviès*, 20 lithographies. — Paris, *L. Pannier*, 1843. — Album.

Bel exemplaire, cart. d'édition.

491. Scènes de Mœurs. Suite de vingt-cinq lithographies en un album, cart. de l'éditeur.

Très belles épreuves.

492. Les principaux Personnages des *Mystères de Paris*. Suite de dix lithographies.

Belles épreuves réunies en cahier.

493. Un Détenu politique. — Le Savant. — Mariage de Raison. — Club jésuitique. — Le Barbier parisien, etc. Vingt pièces.

TRIMOLET PÈRE ET FILS

494. Chants et chansons populaires. — Barrières de Paris. — Sujets divers. — Vignettes. — Quarante-six pièces en *épreuves d'artiste* réunies en 1 vol. in-4, demi-rel. (Ex-libris de la C^sse de Noé).

VAN MARCKE (Émile).

495. Le Troupeau passant un gué. Eau-forte.

Belle épreuve, avec *croquis* en marges, d'une pièce fort rare (déchirure dans la marge du haut).

VERNET (Carle).

496. Imprimerie Lithographique de F. Delpech, façade du magasin de cet éditeur. Lithographie.

Belle épreuve. Rare.

VERNET (Horace).

497. Partie de l'œuvre lithographié d'Horace Vernet. *Portraits* : Carle et Horace Vernet. — Chauvelin. — Gal Foy. — Pie VIII. — Guérin, peintre. — Dupin aîné, etc. — Scènes militaires. — Sujets de genre. — Titres de Romances. — Fables de La Fontaine. Deux cent vingt-neuf lithographies.

Très belles épreuves, la plupart *avant la lettre*, plusieurs sur *papier de Chine*.

VERNET (d'après Horace).

498. *Œuvres complètes de Horace Vernet, lithographie de P. Wagner*, à Carlsruhe. Album in-4 cart., contenant soixante et onze planches, par F. Kaiser, G. Artzt et J. Schutz.

Bel exemplaire.

VERNET ET SCHEFFER.

499. *Recueil de 5 lithographies, d'après Horace Vernet & Scheffer. Se vend au profit des Salles d'Asile*, Paris, Giard, s. d. — Fables de La Fontaine. — Odry, acteur. — Premier janvier 1821, etc. Quarante pièces.

Belles épreuves.

VEYRASSAT (J.).

500. *Eaux-Fortes par J. Veyrassat.* Suite de quatorze pièces.

Très belles épreuves sur *papier de Chine*, dans la couverture de publication.

VIEILLARD (M.).

501. *Les Voitures de Paris*, suite complète de douze lithographies dans la couv. de publication.

Belles épreuves, *signées*. On y a joint une *épreuve d'essai*. En tout treize pièces.

WATTIER (HENRI ET ÉMILE).

502. *Le Roi citoyen* (Louis-Philippe Ier). — Croquis divers. — Le Livre à Figures. — Saint-Preux et Julie. Cinq pièces.

Belles épreuves, trois sur *papier de Chine*.

WILLETTE (ADOLPHE).

503. Scènes humoristiques. — Le Courrier Français. — Le Chat noir. — Programmes. — Menus. — Titres de chansons.

Quatre cents pièces, un certain nombre de *fumés* et d'*épreuves d'essai*.

504. Programmes. — Menus. — Adresses. — Couvertures. — Fumés.

Cent soixante pièces.

WILLETTE, BOUTET, MADELEINE LEMAIRE

505. Cartes postales et Menus.

Réunion de deux cent cinquante pièces environ.

ZIEGLER (Jules).

506. *C'est bien entendu, Messieurs ?... à huit mille francs l'Esquisse.* Curieuse lithographie représentant une scène de vente publique vers 1825.

Très belle épreuve.

507. *Eloa, la sœur des Anges*, compositions au trait sur le Poème d'Alfred de Vigny, 1833.

Couverture et douze planches en un alb., cart. Collection Ph. Burty.

Vignettes d'illustrations
Journaux illustrés. — Fumés

ARTS INCOHÉRENTS.

508. Expositions des Arts incohérents, programmes, invitations, etc., illustrés par Chéret, Boutet, Gray, Cohl, etc. Cent quarante pièces. On a ajouté **Trente dessins**.

BOILVIN (ÉMILE).

509. Œuvres de François Coppée. Paris, *A. Lemerre*, 1882. Portrait et suite complète de dix vignettes en double état, *eau-forte pure* et *avant la lettre*.

Épreuves sur japon, quelques-unes défraîchies.

510. Lettres persanes. — Paris, *Librairie des Bibliophiles*. Suite de neuf vignettes.

Très belles épreuves du 1er état, à l'eau-forte pure, tirées sur papier du Japon (exempl. n° 2, sur 10).

511. La même suite.

Très belles épreuves *avant la lettre* sur papier du Japon.

CARICATURES

512. Siège de Paris et la Commune, 1870-1871, par Belloguet, Coindre, Faustin, Paul Klenck, Moloch, Mailly, Pilotell, Vierge, etc. Deux mille cinq cent trente pièces.

Cette collection a été composée par M. Pochet-Deroche, avec la collaboration de M. Paul Klenck, le caricaturiste bien connu de l'époque.

CHAT NOIR (Le).

513. Illustrations par Willette, Steinlen, Uzès, etc.

Cent trente pièces, *tirage à part*, plusieurs doubles.

COURRIER FRANÇAIS (Le).

514. Scènes de mœurs, huit cent soixante compositions de Willette, Henri Rivière, Rochegrosse, Uzès, Heidbrinck, Lunel, Pille, Hoedel et autres.

Épreuves en tirage à part, sur papier de Chine volant.

515. Scènes de mœurs, par L. Legrand et Ibels et Lautrec.

Quarante-six fumés.

COUVERTURES ILLUSTRÉES

516. **Couvertures** par Clairin, Steinlen, Caruchet, José Roy, Abbéma, Gerbault, Le Natur, Courboin, Caran d'Ache, Bac, Guillaume, Auriol, Dillon, Job, Madeleine Lemaire, Giacomelli, etc.

Sept cents pièces, la plupart en épreuves d'artistes.

517. Diner du Bon bock, invitations illustrées par Gill, Willette, Régamey, Castelli, Pille, Gray, Sahib, Cohl, Carjat, Choubrac, Carrier-Belleuse, Somm, Steinlen, Aimé Perret, Fau, Robida, Grün, etc., 1875 à 1901.

Deux cent soixante pièces, manquent de 1 à 5, 128 et 258.
On a ajouté 40 pièces des Fêtes extraordinaires, chansons, menus, etc., et un dessin au n° 120.

DORÉ et VIERGE (d'après).

518. *Fumés et tirages à part*, pour Rabelais, un Voyage en Espagne, etc.

Soixante-dix pièces, plusieurs avec des *retouches*.

FORAIN (J.-L.).

519. Fumés et tirage a part des planches parues dans le *Courrier français*, le *Figaro*, l'*Écho de Paris*. — Programmes.

Trois cents pièces.

FOULQUIER (Valentin).

520. Portrait et suite de cinquante vignettes pour les Fables de La Fontaine.

Belles épreuves *avant la lettre*.

521. **Gil Blas**, illustré par Leandre, Balluriau, Guillaume, Gerbault, etc.

Deux cent quatre-vingt-deux fumés.

GILL (André).

522. *La Lune rousse.* Caricatures politiques, 20 pièces, tirages à part. — Le Fosseyeur. — Alas! poor Yorick. — Rédaction du *Figaro.* — Fête nationale, avenue Trudaine.

Ensemble, vingt-quatre pièces tirage à part.

GRANDVILLE (J.-J. Isidore).

523. Fables de La Fontaine. — Scènes de la vie privée des animaux, etc.

Quatre-vingt-douze pièces sur chine.

JOHANNOT, GAVARNI, PAUQUET, etc.

524. **Français** (Les) peints par eux-mêmes.

Cent cinquante pièces. Modèles de coloris.

JOURNAL (Supplément du).

525. Scènes humoristiques et Sujets divers. Cent vingt-six pièces, par Abel Faivre, Bac, F. Gottlob, Lourdey, etc.

Belles épreuves *tirées en couleurs, hors texte.*

LALAUZE (Ad.).

526. Suite de 21 estampes pour servir à l'illustration de *Gil Blas.* — Paris, *Rouveyre.*

Bel exemplaire du tirage *avant la lettre*, sur papier du Japon, numéroté (n° 26).

527. Suite de 37 estampes pour servir à l'illustration de Don Quichotte. — Paris, Rouveyre.

Bel exemplaire *avant la lettre*, sur papier du Japon, numéroté (n° 31).

LAVOIGNAT (Hippolyte).

528. Sujets divers. — En-têtes, lettres, cartouches. Cinquante-six vignettes pour Paul et Virginie, L'Imitation, Les Messéniennes.

Fumés.

LÉANDRE (Charles).

529. Charges pour le *Rire*, le *Figaro*, le *Journal Amusant*, etc. Deux cent vingt-cinq pièces, la plupart en *tirage à part* et *fumés*.

LOS RIOS (Ricardo de).

530. *Vingt-quatre eaux-fortes pour illustrer Don Quichotte, Guzman d'Alfarache et Lazarille.* — Paris, P. Rouquette, 1880.

Épreuves *avant la lettre*, sur papier du Japon.

MORDANT (Daniel).

531. Frontispice et Vignettes pour *Servitude et Grandeur Militaires*, d'Alf. de Vigny.

Trente-huit eaux-fortes en épreuves d'états avec des *annotations manuscrites* et des *retouches*.

PILLE (Henri).

532. Sujets divers. — Illustrations du *Chat noir*. Quarante et une pièces, la plupart des *fumés*.

RAFFET.

533. Vignettes pour le Norvins, les Portes de Fer, le Consulat et l'Empire, Chansons de Béranger, L'Algérie.

Soixante-dix pièces, la plupart gravées par H. Lavoignat et Hébert et comprenant un certain nombre de *fumés*. Ce numéro pourra être divisé.

STEINLEN (R.-A.).

534. Scènes de mœurs et sujets divers. Quatre cent quatre-vingts planches pour le *Gil Blas illustré*.

Très belles épreuves de *tirage à part*, la plupart imprimées en deux ou trois tons.

VERLAINE (Paul).

535. Portraits de Paul Verlaine. — Dessins et illustrations pour ses Œuvres. — Croquis originaux de Paul Verlaine.

Quatre-vingts estampes et dessins. Curieuse et unique réunion.

FUMÉS.

536. **About** (Edmond). Trente et quarante, illustrations de Vogel, 19 fumés sur japon pelure.
Richepin (Jean). Les Débuts de César Borgia, illust. de Avril Courboin, etc., 6 pièces.
Ensemble, vingt-cinq pièces.

537. **Barron** (Louis). Paris pittoresque, 1800-1900, la vie, les mœurs, les plaisirs.
Tirage à part des illustrations.

538. **Dumas** (Alexandre). Les Trois Mousquetaires, illust. de Zier, 166 pièces. La Reine Margot, illust. de Kauffmann, 76 pièces.
Ensemble, deux cent quarante-deux fumés.

539. **Burette**. Histoire de France, illustrée par J. David.
Deux cent soixante fumés. On a ajouté vingt planches hors texte.

540. **Courteline**, Les Gaîtés de l'Escadron. — **Malot**, La Petite Sœur. — **De Pont-Jest**. L'Araignée rouge. — **Bataille**, Contes du Palais. — **Uzanne**, Le Livre moderne, etc.
Cinq cent soixante-dix fumés ou tirages à part.

541. **Gérard** (D[r]). Nouvelles causes de stérilité dans les deux sexes, fécondation artificielle, illustrations de José Roy.
Cent quatre-vingt-seize fumés ; on a ajouté le portrait de l'auteur.

542. **Goncourt**. La Fille Élisa, dessins de G. Jeanniot (Édition *Testard*).
Dix-huit fumés.

543. **Grand-Carteret**. La Caricature en France.
Suite complète des fumés.

544. **Grand-Carteret**. Raphaël et Gambrinus, ou l'art dans la brasserie, illustrations de Willette, Mars, Col-Toc, etc.
Environ deux cents fumés sur chine, avec les planches supprimées.

545. **Grand-Carteret**. Bismarck en caricatures. Crispi. Bismarck et la Triple Alliance.
Tirages à part sur chine volant.

546. **Maupassant** (Guy de). Bel-Ami, illustrations de Bac, 99 pièces, plus 47 doubles avec corrections de l'artiste. — Contes choisis, un frontispice par Pinet, en trois états sur parchemin. — Soirées de Médan, 10 eaux-fortes de L. Muller d'après Jeanniot, épreuves avant la lettre.
Ensemble, cent cinquante-neuf pièces.

547. Histoire de France. Histoire de la Révolution, de Michelet.

Deux cent quatre-vingt-cinq fumés, d'après Chovin, Lohis, Petit-Gérard.

548. Œuvres d'Alfred de Musset, édition de 1891.

Trois cent soixante-seize fumés, d'après Bida, Montegut, P. Avril et autres.

549. **Uzanne** (Octave). La Panacée du capitaine Hauteroche, imagée par Eugène Courboin.

Tirage à part sur chine des illustrations, deux états, in-4 et in-12; manque la couverture du tirage in-12.

550. **Uzanne** (Octave). La Locomotion à travers les âges, dessins d'Eug. Courboin.

Tirage à part sur chine des illustrations.

551. **Uzanne** (Octave). Ex-libris et Reliures.

Tirage à part sur chine des illustrations.

552. **Uzanne** (Octave). Modes de Paris, dessins de François Courboin.

Tirage à part sur chine des illustrations.

553. L'Assommoir. — Nana, par Émile Zola. Cent vingt-neuf compositions d'André Gill, Clairin, Gœneutte, etc., gravées par Cl. Bellenger, Méaulle et autres.

Épreuves de *tirage à part*, sur papier de Chine volant.

554. Vignettes pour Œuvres d'Émile Zola : Pot-Bouille. — Nana. — Thérèse Raquin. — La Débâcle.

Ensemble, cent vingt-quatre *fumés*, d'après G. Bellenger.

555. Le Rêve, par Émile Zola.

Cinquante-trois compositions de Carlos Schwabe.
Belles épreuves d'essai ou tirées à part sur japon mince.

556. **Bordèse**. Chanson de page, lithographies de Métivet, 16 pièces.

Gérard (Dr). L'Amour, 225 pièces.

Gyp. Ohé! les dirigeants, images coloriées du petit Bob, 8 pièces en couleurs.

Lévy (Jules). Estelle au lansquenet, illust. de Caran d'Ache, 7 pièces.

Marie (A.). La Chanson des joujoux, 40 pièces.

Scholl (A.). Les Fables de La Fontaine filtrées, illust. de Grivaz, 8 eaux-fortes, avant la lettre.

Conquet (Éditions). 30 pièces.

Ensemble, trois cent vingt-huit fumés.

557. Vignettes pour les : *Problèmes du sentiment*, par Emeric. — *Le Bonheur des autres*, de Mendès. — *Sous-Offs*, de Descaves. — *Pittouflard et Bacot*, par Chretien, etc.

Ensemble, douze cents vignettes, la plupart en *épreuves d'essai*.

558. Picciola. — Muséum parisien. — Les Misérables, etc.

Cent fumés et estampes en taille-douce, d'après C. Nanteuil, Traviès, Vierge et autres.

559. Voyage où il vous plaira. — Chansons populaires.

Trente-neuf fumés, d'après T. Johannot et Beaucé.

560. Mystères de Paris, d'Eug. Sue. — Mathilde. — Paul et Virginie. — Florian, etc.

Cent fumés, d'après Raffet, Johannot, Daubigny, Jules David et autres.

561. Chansons de Pierre Dupont. — Paris pittoresque. — Manon Lescaut. — Boccace. — La Fontaine. — La Pléiade, etc.

Cent dix fumés, d'après Daumier, Traviès, Gavarni, Jules David et autres.

562. Jérôme Paturot. — Don Quichotte. — Souvenirs de l'Empire, etc.

Cent fumés (y compris plusieurs doubles), d'après T. Johannot, Français, H. Vernet et autres.

563. Mille et une nuits. — Œuvres de Béranger. — Journal pour rire, etc.

Deux cent trente fumés, d'après divers artistes.

564. Petites Physiologies. — Aventures de Jean-Paul Choppart, par L. Desnoyers, etc.

Ensemble, cent quatre-vingts fumés.

565. Les Prisons. — Les Couvents. — Portes de fer. — Révolution française, etc.

Cent quatre-vingt-dix fumés, d'après Raffet, Dauzats, Johannot, Grandville et autres.

566. Le Roman incohérent. — Entrée de Clowns. — Bureau du Commissaire. — En mer. — Galipettes. — Le Grand frère. — Petites filles. — Enfants sages. — Paris qui rit. — Pile de pont. — Beaumignon. — Les Bohémiens. — Premières amitiés. — Kaliro. — Alphabet. — Marlborough.

Environ trois cents tirages à part, par Willette, Steinlen, Caran d'Ache, Dillon, etc.

567. Romans populaires : La petite Orpheline. — L'Enfant du divorce. — L'Enfant du bon Dieu. — Les Fiancés de la Revanche. — Le Château Trompette. — Œuvres de Paul de Kock. — La belle Miette, etc.

Ensemble, huit cent quarante fumés avec *annotations manuscrites*.

568. **Illustration** (L') et le **Monde illustré**. Romans, Nouvelles, par Loti, Marcel Prévost, B. de Turique, Maurice Lefèvre, J. Mary, Perret, Bornier, Hermant, etc; illustrations de Courboin, Boutet de Monvel, Guillaume, Marold, Parys, Tofani, Chartran, etc.

Deux cent quatre-vingt-dix fumés.

VIGNETTES.

569. Vignettes pour *Paul et Virginie*, et la *Chaumière indienne*, de Bernardin de Saint-Pierre, extraites de diverses suites.

Cent dix pièces, un certain nombre *avant la lettre* ou en *épreuves d'état*.

570. Vignettes diverses pour Champfleury : *Les Chats*. — Le Violon de faïence. — Les Aventures de Mlle Mariette, etc.

Environ deux cents pièces.

571. **Coquelin** cadet. Le Livre des convalescents. Quatre-vingts dessins à la plume, par H. Pille, Mesplès, Le Mouël, etc., accompagnés de fac-similés.

572. Œuvres de Fenimore Cooper. — Goethe : Verther.

Cinquante-trois vignettes, par Alf. et Tony Johannot, la plupart *avant la lettre*, sur papier de Chine.

573. L'Immortel, par Alph. Daudet. Suite de cinquante-huit vignettes gravées par Huyot, d'après Émile Bayard.

Epreuves de tirage hors texte sur simili-japon.

574. Victor Hugo sur son lit de mort. — V. Hugo et Georges Hugo. — Photographies. — Portraits divers.

Sept photographies ou photogravures in-fol.

575. Portraits-charges de Victor Hugo, par Daumier, Benjamin, Lessore, etc.

Dix pièces.

576. Vignettes pour *Han d'Islande*, de V. Hugo, par G. Cruikshank.

Quatre pièces rares. Belles épreuves.

577. **Hugo** (Victor). Notre-Dame de Paris. Édition illustrée par L. Boulanger, Ed. de Beaumont, Daubigny, etc. Paris, *Perrotin*, 1844, gr. in-8, br., non rog.

Cinquante-cinq pièces.

578. Illustrations pour *Notre-Dame de Paris*. — Han d'Islande. — L'Homme qui rit, par Victor Hugo.

Cent quatre-vingts pièces, tirées à part sur chine, d'après Vierge, de Lemud, Brion, Scott, Foulquier, etc.

579. Portraits. — Portraits-charges. — Vues photographiques. — Reproductions de dessins. — Extraits de journaux. — Affiches illustrées, etc.

Quatre cents pièces.

580. Portraits, vignettes et compositions, la plupart de l'époque romantique, et relatives aux *Œuvres* du Maître.

Trois cent trente pièces par L. Boulanger, Devéria, Johannot, Rogier, etc.

581. Vignettes pour les *Fables* et les *Contes* de J. de La Fontaine, extraites de diverses suites.

Quatre cents pièces.

582. Contes et Nouvelles de J. de La Fontaine, compositions de Le Natur. Suite complète des 180 vignettes *avant le découpage* des planches.

Épreuves sur japon, renfermées sous six couvertures.

583. Vignettes pour les Confidences, les Méditations, Raphaël, etc. de Lamartine. Quarante pièces extraites de diverses suites, plusieurs en épreuves d'artiste.

584. Portrait et vignettes pour les Œuvres de Molière, gravées d'après les dessins d'Émile Bayard, par Teyssonnières, Lalauze et J. Dupont.

Trente-deux épreuves d'artiste, *avant la lettre*, y compris des *états*.

585. Vignettes pour les Œuvres d'Alf. de Musset (1re série). Quarante-deux eaux-fortes d'après H. Pille, par L. Monziès.

Très belles épreuves *avant la lettre*, sur papier de Chine volant.

586. Vignettes pour Manon Lescaut, par L. Flameng, Lionel Royer et autres.

Cent quarante pièces extraites de diverses suites et parmi lesquelles une quarantaine de *fumés*.

587. *Mon oncle Barbassou*, par Mario Uchard.

Suite de quarante vignettes par Paul Avril. Belles épreuves sur japon à l'état d'eau-forte pure. On y a joint treize épreuves d'état différents. En tout, cinquante-trois pièces.

588. *Henri Monnier*, par Champfleury. — La Femme en Allemagne. — *Œuvres de Béranger*, etc.

Ensemble, trois cents pièces.

589. *La Chanson des Gueux*, de Richepin. — Barbier de Séville. — Notre-Dame de Paris. — Rabelais. — La Fontaine. — Coppée. La Dame aux Camélias. — Paul et Virginie.

Huit suites de vignettes, par ou d'après E. Courboin, Boilvin, Monziès, etc., dans leur cartonnage de publication (Lemerre, Conquet, Dreyfous).

VIGNETTES ROMANTIQUES.

590. Mont-Saint-Michel par Boisselat. P. Borel. Résignée. Ali-le-Renard. Manuscrit vert. Atar-Gull. La Salamandre. Le Crapaud. La Peau de Chagrin. Stello. L'Ane mort. Le Bonnet vert. Don Juan d'Autriche. Valentine. Deux réputations. Sous les tilleuls. La Coucaratcha. Le Lit de camp. Un Mauvais ménage. Émeraude. L'Écolier de Cluny. La Prisonnière de Blaye. Les Écorcheurs. La Salamandre. Jacques le Chouan. Hoffmann. La Conquête d'Alger. Stendhal. Portraits. Titres de Romances et de Journaux, etc.

Deux cents vignettes, la plupart sur chine, par Célestin Nanteuil, A. et T. Johannot, Henry Monnier, Boisselat, V. Adam, etc., deux portraits de A. Brot à la mine de plomb, par Emy.

591. Vignettes diverses, anciennes et modernes.

Environ quatre cents pièces.

592. Vignettes pour les Éditions d'Alph. Lemerre, dont la nomenclature suit :

Daphnis et Chloé, 6 pl., par Em. Boilvin, d'après Prudhon. — *Le Chevalier Destouches.* — *L'Ensorcelée.* — *Lettres de mon Moulin*, par F. Buhot. — *Les Diaboliques*, par F. Rops, 10 pl. — *Shakespeare*, *Roman Comique*, *Conte des Fées* *Diable boiteux*, *Romans de Voltaire*, *Gil Blas*, par L. Monziès. — *Rabelais*, par Bracquemond. — *Corneille*, *Molière*, *Racine*, etc. — *Madame Bovary*, par Boilvin.

Ensemble trois cents vignettes environ, dans leur cartonnage de publication.

593. Vignettes pour les Œuvres de Beaumarchais, Fréron, Destouches, etc.

Cent pièces.

594. Vignettes pour les Œuvres de Fielding, Goldsmith et Cooper.

Deux cent quinze pièces.

595. Vignettes pour les Œuvres de Cervantès, Swift et Sterne, extraites de diverses suites.

Cent quarante pièces, plusieurs en *épreuves d'état.*

596. Vignettes pour les Œuvres de Corneille, Racine, Boileau, Molière, Fénelon, Rousseau.

Deux cent soixante-dix pièces

597. *La Parisienne*, par Montorgueil. — *Mariage de Juliette.* — *Trilby.* — *Les Œillets de Kerlaz*, par Theuriet. — *Servitude et Grandeur militaires*, par A. de Vigny.

Ensemble, soixante-quinze vignettes en *épreuves d'artiste* ou *avant la lettre*.

598. Figures de Bertall pour les Œuvres de Balzac. — Pastels, dessins de Robaudi. — Chansons de Béranger.

Ensemble, deux cent soixante pièces, les *Pastels*, en épreuves *avant la lettre*, sur papier du Japon.

599. Vieille Idylle. — Gil Blas. — Mémorial de Sainte-Hélène, etc.

Ensemble, environ cent quatre-vingts pièces, plusieurs *avant la lettre*.

600. Vignettes diverses, pour les Œuvres de Shakespeare, Lesage, Voltaire.

Ensemble, cent soixante pièces par divers artistes.

601. Vignettes diverses pour les Œuvres de Musset, Baudelaire, Chénier, Barbey d'Aurevilly, Stendhal, Michelet, etc.

Ensemble, cent soixante-dix pièces, un certain nombre en *épreuves d'état* ou *avant la lettre*.

602. Contes Rémois, du Cte de Chevigné. — Le Roi des Montagnes, par Edm. About. — Aline, reine de Golconde. — Salammbô. — Voyage autour de ma chambre, etc.

Cent soixante vignettes, un certain nombre en épreuves d'artiste.

DIVERS

603. Fumés de vignettes extraites de journaux et livres illustrés.

Environ cinquante pièces, d'après divers artistes.

604. Sous ce numéro, il sera vendu, par lots, environ quatre mille estampes.

Paris. — Typ. Philippe Renouard, 19, rue des Saints-Pères. — 12654.

3e Vente Pochet

5	L. [illegible] Mei [illegible]	25
6	d° [illegible] Paris	30
18	Affiches	12
22	Artistes Contemporains [illegible]	15
39	[illegible] Vie de Je fille	50
71	Bonington 2 p.	10
7[illegible]	Bonington [illegible]	40
79	d° [illegible]	4
80	d° 5 pièces	20
99	Lot de 9 d°	15
129	Daumier Souvenir [illegible]	125
185	[illegible] Caustra	50
191	d° [illegible]	55
192	d° 4 pièces	30
194	d° 4 d°	40
198	d° Théâtre Anglais	150
219	[illegible] 5 p.	25
220	d° 4 p.	18
221	d° [illegible]	10
248	Forain 2 p.	20
253	Gavarni [illegible] Portrait	25

257	Vanni [illegible] Vault	12
258	d° [illegible]	12
261	d° 28 f.	60
262	d° 30 f.	60
266	d° 2 f.	15
269	d° 2 f.	14
270	d° 3 f.	12
271	d° 4 f.	24
273	d° 1 f.	5
280	d° 10 f.	55
294	d° 1 f.	3
310	Huet 1 f.	11
311	m° Hels 1 & 2.	60
319	Hels & Sautrice	50
321	Isabey fils 6 f.	70
351	E. Vanni 13 f.	40
370	Leandre 1 f.	10
381	[illegible] d'Jean e 10 f.	10
445	2 f. [illegible]	12
470	[illegible] en lot 14 pièces	80
490	Grands 9 f.	25
495	van Marcke	30
499	Vernet & Scheffer 5 f.	35

www.ingramcontent.com/pod-product-compliance
Ingram Content Group UK Ltd.
Pitfield, Milton Keynes, MK11 3LW, UK
UKHW021120260726
13994UKWH00002B/951

9 782329 381770